Freudenfrau

Die Liebe ist ein Wunder,
das immer wieder möglich ist.
Die Hoffnung, ein Sinn sei hinter all dem Unsinn,
hinter all diesen Schrecken,
vermögen nur jene zu bewahren,
die dennoch lieben.

Friedrich Dürrenmatt, »Grieche sucht Griechin«

The past is never dead. It's not even past.

William Faulkner, »Requiem for a Nun«

Ich widme dieses Buch allen Frauen und Männern, die in dieser besten aller Welten sich dem Glück verschreiben. Immer und immer wieder.

Nicht alle sagen alles und läuten laute Glocken. Sie sollen – in der Stille des Buches – trotzdem nicht vergessen sein.

Jedes Buch ist ein Experiment. Ich trage zusammen, was in Gesprächen an mich herantritt und mir überlassen wird. Ich erfinde nichts, ich verdichte. Die Wahrheit entzieht sich, wie stets. Im besten Fall entsteht Wahrhaftigkeit.

Wo nötig – und damit das Wesentliche hinter dem Korrekten nicht abstirbt – übertrete ich die schönen und feinen Regeln der Hochsprache.

Selbstverständlich sind Namen und Situationen verändert. Nur die Geschichten sind geblieben.

Niemand ist wirklich in diesem Buch zu finden als die Schreibende, die Lesenden und der Klang der Wörter in unserer Mitte.

Die Autorin

1

Hedy ist wieder verschwunden. So oft habe ich ihre Nummer gewählt, aber es antwortet nur das Pfeifen des Faxgeräts. Auch Päuli nimmt nicht ab. Vielleicht sitzen die beiden vor dem Apparat und warten, bis es vorbei ist.

Im Café Frauentraum im alten Dorf der grossen Stadt war Hedy sehr erfreut gewesen. – »Sehr erfreut«, sagt sie und nimmt meine Hände zwischen ihre Finger. »Sie haben ja kalt«, sagt sie und schaut mir in die Augen.

Päuli rutscht auf dem Stuhl hin und her und streicht mit dem Unterarm über seinen Kopf. Die Hand hat tiefe Narben. »Jagg«, sagt er und nickt. »Warm ist es nicht heutzutage.« Unter dem Tisch lehnt Luzi II sich an die Füsse, und wir bestellen Kaffee.

»Ich habe schlimme Sachen erlebt«, sagt Hedy. »Sie müssen wissen, ich rede nicht über diese Sachen. Jetzt bin ich alt, ein bisschen Zeit hat man noch. Ich rede lieber über schöne Dinge. Das andere habe ich vergessen.«

»Jagg. Haben wir vergessen«, sagt Päuli. Seine Stimme ist manchmal laut und manchmal leise, immer weich.

»Red nicht drein, Päuli. Wenn Sie über Schlimmes reden wollen, müssen wir nicht lange machen.

Der Werni sagt, du bist anständig. Wenn der Werni Freudiger das sagt, glaube ich es. Man sieht es ja auch. Ich schaue die Leute gut an. Dass der Werni einen Unfall hatte, tut mir leid. Das wäre ihm früher nicht passiert, als Polizist. Es werden alle älter. Aber er sieht noch gut aus.

Ich rede nicht mehr über dieses Zeug. Kannst den Werni fragen, geh zu ihm. Er weiss aber auch nicht alles. Alle haben schon über alles geschrieben. Und Gedrucktes lügt.«

»Aufgepasst!«, sagt Päuli.

»Wissen Sie, die Wörter bauschen sich auf. Wenn man nicht gut aufpasst. Gefährlich. Ich habe noch nie jemandem. Niemandem.

Ich war ja am Sterben. Macht nichts, schon mehr als einmal. Schon oft, sage ich dir.«

Hedy lächelt den jungen Mann an, der den Kaffee bringt. Der Mann lächelt auch. Luzeli II bekommt das Gutzi.

»Er ist ein Waisenknabe. War schon sechsjährig, ganz verschüchtert. Wir haben ihn noch nicht lange, haben ihn aus dem Tierheim geholt. Zu Hause setzte er sich dann neben den Päuli aufs Sofa und kam dreieinhalb Stunden nicht mehr herunter.«

»Hehe.«

»Luzi II. Das erste Luzeli ist gestorben. Der Liebe. Leider ist das jetzt ein Männerhund. Schläft nur beim Päuli, das ist nicht nett. Das sieht man halt nicht vorher. Er ist sein Ein und Alles. Päuli lebt für dieses Hundeli, nicht wahr. Der andere war ein Mammititti, wich nicht von meiner Seite. Mein erstes Luzeli schlief immer an mich geschmiegt. Immer da hinten lag es. Da hinten unten, am Kreuz. Und gab warm.«

»Che. Hehe. Hm.« Päuli lacht und hält sich mit beiden Händen den Kopf. Auch am Kopf ist eine Narbe. Hedy klopft ihm auf den Arm.

»Er ist mein Coucousin. Nicht Cousin, aber fast wie ein Bruder. Er ist ein sehr Lieber. Als Kind plagte er mich immer, riss mich an den Zöpfen, furchtbar. Ich hatte doch so lange rote Haare. Gekräuselt und rötschig, rotblond. Noch schön.

Er hatte viel Pech.

Ich hatte viel mehr Glück im Leben.«

Ich lasse Hedy nun ohne Anführung fortfahren. Es ist, als wolle ein Meer wartender Wörter aus ihr strömen. Es ist jedes Mal so, wenn ich sie antreffe. Als dürfe sie den Strom von Wörtern nicht abreissen lassen, damit das Leben nicht versiegt. Auch Päuli sagt ab und zu etwas. Seine Worte sind schräg gestellt wie der Kopf beim Reden.

Angst hatte ich sowieso nie. Vor dem Tod nie. Warum auch. Ich kam ja mit dem Tod auf die Welt. Ich werde aber kein Hemd anziehen, das sicher nicht. Nicht so ein Totenhemd, wie sieht das denn aus. Ich werde ein Kostüm tragen. Es hängt parat und ist angeschrieben, ein elegantes Kleid von der Schneiderin. Und schon gar nicht da auf einem Pavatex liegen. Alles ist schon geregelt und bezahlt. Ich will einmal anständig gehen und auf etwas Rechtem liegen.

Nicht wie die Nachbarin, der ich immer Blumen brachte. Jede Woche einen frischen Strauss, bis sie eines Tages tot war. Dann lag sie da in diesem Aufbahrungszimmer. Mit zwei Männern! Im gleichen Raum. Ausgerechnet sie, die ihr Leben lang nichts von Männern wissen wollte. Das kann man doch nicht machen. Und der Sarg offen. Und ihr Gesicht nicht einmal gepflegt, der Mund offen, die Augen offen. Furchtbar, so ganz ungeschützt. Ich habe diesen Sarg verschlossen und bei den Behörden reklamiert.

Man muss den Toten Sorge tragen. Sie sind das, was uns bleibt.

Aber es gibt wichtigere Dinge als Sterben. Sterben geht schnell. Oder ewig, nicht wahr, wie man will. Wichtig ist, dass man schläft. Ohne Schlaf geht das Leben auch, aber die Schmerzen sind stärker. Und man sieht alles falsch, ganz falsch, man sieht nicht richtig. Ich schlafe manchmal viel und dann wieder gar nicht.

Auch schwimmen ist wichtig. Früher bin ich jeden Tag geschwommen, im See, im Fluss, im Hallenbad. Wasser ist gut. Meistens.

Jetzt bin ich vorsichtig im Wasser, ich habe diese Kugel im Bauch, im Kreuz, nicht wahr. Beim Rückgrat, dort ist sie stecken geblieben. Ich war wochenlang in Badekuren, hat nicht geholfen. Der Päuli ist faul, der schwimmt nicht.

Auch wenn ich nicht schlafe, habe ich gern meine Ruhe. Das musst du wissen. Ich will in Ruhe noch ein wenig leben. Schauen, was rundherum geht. Das ist schwierig geworden, überall ist nirgends Ruhe. Hier im Dorf ist immer Karneval, Pauken und Trompeten und die Raketen immer, Geböller. Streitparaden, Street Parade, Marathoner und der ganze Klamauk, alles unter meinen Fenstern. Die Damen überall. Von weit her strömen sie heran und landen am Schluss im Niederdorf vor meinen Fenstern. Die Stadtbehörden fördern das, sie denken, sie verdienen damit. Jetzt haben sie Schallschutzscheiben reingeschraubt. Am Wochenende fliehen wir aber aufs Land, Donnerstag bis Montag kann man hier nicht mehr schlafen.

Päuli: Jagg. Ä man sollte eine Hotelbeschädigung bekommen von der Stadt. Aber man bekommt nichts. Ffff Entschädigung. Das sind doch Habasche.

Sie wollten mir eine tolle Wohnung geben, im Oberdorf. Der Herr Helfenstein von der Stadt rief an vor seiner Pensionierung – Frau Zora, ich habe etwas für Sie. – Aber die war so weit weg, fast am See draussen. Ich kann doch nicht jeden Tag einen Kilometer siebenhundertfünfzig Meter ins Café Frauentraum laufen. Und wenn's schneit und Eis hat. Jetzt wohne ich immer noch hier unten, Niederdorf. Ein Fenster geht direkt auf den Hirschenplatz, das ist eben schlecht. Die betrunkenen Bünzli aus der halben Schweiz und Deutschland pöbeln hier herum. Darum haben wir immer zwei grosse Kübel parat in der Stube, an jedem Fenster einen. Wenn es ganz schlimm johlt, machen wir dunkel. Und geben einzwei Kübel hinunter.

Päuli: Mmm. Hehe. Che.

Sei nicht so ein Ploderi.

Er will sich immer einmischen, und dann hört er nicht mehr auf. Aber er ist ein Lieber.

Ich wusste mir immer zu helfen. Ich wehrte mich. Von Anfang an lernte ich das. Wir haben übrigens noch eine zweite Wohnung, auf dem Land, im welschen Teil. Dort waren die Wiesen für die Tiere und die Kinder. Wiesen hinunter bis zu den Nussbäumen vor den Felsen am Fluss. Sehr schön war das. Und jetzt solltest du sehen, was sie da draufpfunden. Furchtbar.

Päuli: Sie ist eine Kindernärrin. Und Tierschützerin. Schützerin. Uh!

Auf dem Land gibt es auch allerhand Leute. Solche, die stört jeder Pieps. Wir mussten Esel retten, die waren zuerst auf den Wiesen. Sie gehörten den Patres im kleinen Kloster in der Nähe. Und das störte ein schwules Paar, das auch an die Wiesen zu wohnen kam. Esel schreien halt, und man sieht es, wenn sie Freude haben. Ganz extrem sieht man das, nicht wahr. Das störte die. Also sammelte ich Unterschriften, damit die Esel bleiben können. Eigentlich dachten wir an etwa vierzig, aber es kamen fast tausend Stimmen zusammen.

Päuli: Jagg. Berühmte Reklamiererin, hehe.

Wir haben dort hinter der Siedlung auf dem Land seit einem Weilchen auch Esel. Und Ponys und Ziegen, für die Kinder, ich organisierte das. Auf der einen Seite der Blöcke ist es Stadt, auf der anderen Landwirtschaft und zwischen allem sind noch ein paar Wiesen. Immer mehr Blöcke stehen da, über siebzig Nationen sind hier zusammen. Leider auch immer mehr Spiesser. Wenn du weisst, was ich meine. Am Anfang war es nicht so bünzlig, jetzt müssen wir sogar den Waschküchenschlüssel abholen. Weil ein Besen weggekommen sei. Vorher war alles offen, kein Waschplan, kein Problem. Die Schlimmsten hüten immer die Waschküchen. Ich habe es auch gerne sauber, aber einem alten Besen schaue ich nicht nach.

Sonst haben wir unsere Ruhe, nicht wahr, Päuleli? Ich will nur noch meine Ruhe, wir leben zurückgezogen. Eine Weile half ich den Kindern in der Siedlung, gratis, damit sie die Hausaufgaben machen. Ich verlange doch nichts. Brachte ihnen Deutsch und Französisch bei und Englisch. Lehrte sie reden, das muss man können. Lehren, nicht lernen, nicht wahr, in meinem Alter lernt man nicht mehr. Ich kann auch fliessend Arabisch und Italienisch. Man muss reden können im Leben.

Und schweigen. Ich erzähle nicht alles.

Besuch lasse ich eigentlich nur herein, wenn der Päuli da ist, wooll, du, nicht wahr. Er war immer dabei. Wir sind immer zusammen. Allein lasse ich niemanden in die Nähe. Nicht einmal Kinder.

Ich war sehr streng. Streng und gerecht muss man sein.

Päuli: Uh.

Damit sie in der Schule besser mitkommen, das ist wichtig. Denen half ja niemand, dann fangen sie an zu pöbeln. Und am Schluss landen sie in der grossen Stadt unter meinen Fenstern. Ich bin die Tochter meiner Mutter, sage ich immer. Die war sehr sozial. Furchtbar.

Päuli: Jähjah. Jagg.

Sie war mutig, und sie konnte alles. Die Mutter brachte mir Häkeln und Nähen bei und Stricken und Sticken und Klöppeln und Stillsitzen umsgottswillen. Aber ich habe keine Geduld. Ich sitze nicht gern so lange. Sie hatte auch einen grünen Daumen. Alle Finger waren grün bei ihr.

Päuli: Schöne Fingerli.

Und ein schwaches Herz. Einen harten Kopf und ein weiches Herz. Gute Hände, gutes Herz. Ich habe kleinere Hände und das härtere Herz als die Mutter. Ich hatte den Vater, der war sehr stark.

Eigentlich passten sie ja zusammen, meine Eltern. Die harten Köpfe passten gut. Die Mutter war aber eine duldsame Frau, gar nicht rabiat. Da gleiche ich eher dem Vater. Ich bin nicht lieb. Man wird härter mit der Zeit.

Das Herzweh kenne ich aber.

Päuli: Herzweh. Uhjah und wie. Herzweh hat sie.

Und zwei Revolverkugeln im Bauch, jetzt nur noch eine. Darüber rede ich nicht.

Einmal musst du kommen und den Schmuck im Treppenhaus anschauen. Ich schmücke immer das Treppenhaus. Treppenhäuser sind traurige Orte, wie Waschküchen. Waschküchen riechen besser. Ich lüfte und schmücke das Treppenhaus. Ein schönes Treppenhaus gibt den Menschen eine schöne Stimmung auf den Weg. Aber nicht zu viel Zeug, man muss zurückhaltend sein. An Weihnachten schmücke ich alles rot. Schön rot, nicht wahr. Rot ist die Liebe und die Farbe von Weihnachten.

Päuli: Hehehe. Schöne rote Kugeln hat das Hedeli. Blut ist auch rot.

Hast mir aber eine kaputt gemacht, das war gar nicht schön. Wenn ich nicht aufpasse, macht er mir alles kaputt. Aber er ist ein Lieber.

Auch die Kirchen hier in der Stadt schmücke ich. Umsgottswillen, das weiss niemand. Ich gehe, wenn sie leer sind, und stelle Blumen hinein. Es kommt keiner, weil sie so leer sind. Als ich von St. Gallen in diese Stadt kam, waren hier alle Kirchen grau. Grau und leer und ordentlich wie die Waschküchen. Spiessige Kirchen waren das, tote Häuser an den allerschönsten Plätzen in der Stadt. Es sind die Gleichen, die die Kirchen bewachen, wie die in den Waschküchen, nicht wahr.

Päuli: Jagg.

Am Sonntag gehe ich in die Kirche. Ich bin doch gläubig. In der Stadt gehe ich in die Predigerkirche, die kenne ich gut, ich wohne gleich um die Ecke. Dort bin ich daheim. Im Welschen gehe ich in die katholische. Die katholischen gefallen mir besser.

Päuli: Sie hatte ja eine Nottaufe.

Jetzt red nicht alles vor. Ich bin katholisch, die Einzige. Alle anderen waren reformiert. Ich bin geteilt sozusagen.

Mein eigenes Kind ist auch geteilt, ich taufte es katholisch, obwohl es zuerst eine ganz andere Religion hatte. Kleines Licht heisst es. Katholisch gefällt mir einfach besser. Aber sein Vater darf das nie wissen, dass mein Kind katholisch ist. Jetzt ist es ja erwachsen und kann machen, was es will.

Der Glaube gibt einem Kraft, wenn man sie braucht. Aber am meisten Kraft erbte ich vom Vater. Der sagte immer – Hedeli, wo ein Wille ist, ist auch ein Weg. – Er war ein Lieber. Aber ein Strenger. Drum bin ich so stark geworden. Darum. Obwohl ich so klein bin wie die Mutter.

Klein hat auch Vorteile.

Päuli: Hehe.

– Tu as la force d'un homme! – Ach, das hörte ich doch oft. – Stark wie ein Mann bist du! – Das rief mein Schwiegervater immer. Das war ein Gebildeter. Universitär. Und alle seine Töchter studierten. Neun Töchter und ein Sohn. Ich liebte meinen Schwiegervater und seinen Sohn. Der Schwiegervater wollte sogar meine Füsse küssen. Wooll.

Streng und stark war ich. Jetzt bin ich meistens müde.

Also sehr erfreut, dass du mit mir Kaffee getrunken hast. Komm doch nächstes Mal zu uns aufs Land. Dann zeige ich dir die schöne Dekoration und die Blumen auf dem Balkon. Du hast ja die Nummer. Und sonst fragst den Werni Freudiger. Den musst besuchen. Ich habe keine Zeit.

Wir müssen jetzt das Luzilein befreien. Er spaziert so gern.

Hedy nimmt wieder meine Hände ganz zwischen ihre warmen beiden. Sie lächelt erneut. Dann lässt sie sich von Päuli in den Lammfellmantel helfen. Lächelt auch dem jungen Mann zu, der ihr die Tür aufhält und ebenfalls lächelt. Tritt auf die Niederdorfstrasse. Das Lokal ist jetzt sehr leer.

2

Schau, die vielen Bären, die ich hier habe. Überall sitzen sie. Auch auf dem Bett, King Size, ich mag ein grosses Bett für mich allein. Auch viele Engel hat es hier. Die Schutzengel habe ich von Freunden bekommen, die meisten. Plötzlich schenken alle Engel. Und von der Mutter. Die Bären kamen einfach, weiss nicht mehr, woher. Hier auf dem Land habe ich Platz für sie. Puppen mochte ich nie. Ich hasse Puppen. In der Schule musste ich an Weihnachten die Maria spielen, weil ich so schön lange Haare hatte. Sie gaben mir eine Puppe. Ich hätte sie wiegelen sollen, daneben stand ein Josef. Ich wollte dieses Bäbi nicht, ich warf es auf den Boden.

Ich bin eine Bärenfrau. Ich weiss nicht, warum sie immer Haare verlieren, wenn man sie gern hat. Die Schutzengel sind auch hübsch, aber Bären finde ich heiss. Ich habe viele alte Bären, sie haben alle fast keine Haare mehr, jeeh.

Engel verlieren keine Haare, aber man kann sie nicht brauchen auf dem Sofa. Bei mir waren die Engel ja ein paarmal vorhanden. Im übertragenen Sinn, nicht wahr. Und ein paarmal eben nicht. Darum schenkten mir später alle Engel. Jetzt hängen sie halt hier an diesen Nägeln. Falls ich wieder einen brauchen sollte. Ich finde sie ein bisschen kitschig, und immer sind sie staubig, furchtbar.

Das da ist ein Giger, der gefällt mir besser, HR Giger, ein Lieber. Ein guter Maler, ein einfacher Mensch. Nur seine Bilder sind seltsam, er nicht. Diese Dämonen in den Maschinen und die Maschinen mit den Dämonen in den schönen Frauen. Das Bild hat mir der Georges geschenkt.

Päuli, wann habe ich dem Georges den Schuh gegeben?

Päuli: Vor zweieinhalb Jahren.

Vor ein paar Jahren. Ein Geschäftsmann, ein seltsamer, der schenkte mir das. Ich wollte nicht mehr. Ich wollte eigentlich überhaupt nicht so lange, achteinhalb Jahre. Ich wollte schon eine Weile weg, aber er tat mir leid. Er sagte immer – Wir sind doch glücklich miteinander! – Da sagte ich nichts. Ich ging nie draus, ich betrog ihn nicht, das mache ich nicht. Aber ich wartete zu lange. Dabei hätte ich doch an jedem Finger einen haben können. Kein Bedürfnis.

Ich wartete zu lange, dabei weiss man es, wenn es nicht mehr geigt. Er ging mit zwei Lesbischen und musste mir das auch noch erzählen. Da konnte er grad bleiben, wo er war. Ich will keinen Mann mehr im Alter.

Und hier der Botero gefällt mir besonders, schönes Bild. Der dicke Botero mit seinen dicken Menschen. Der lacht besser als der Giger. Ich habe keinen Humor, den hatte die Mutter. Ich hatte auch sein Bild von der Frau mit den Riesenbrüsten. Pralle Frau, einladend wie ein Sofa, superfreundliche Frau, nicht wahr, stark. Aber es ist mir gestohlen worden, von einem Gast. Ich bin leider dünn, nur der Busen gar nicht. Die Brüste wachsen mit der Zeit.

Das da, Vive l'amour, von der schönen Niki, das ist mir das liebste, der Liebesbaum. Wooll. So schöne Verzweigungen und Verästelungen und die Knöspelchen überall dran. Dieser Baum ist doch eine Hand, sie winkt aus der Erde. Der dicke Engel im Hauptbahnhof der grossen Stadt ist ein guter Treffpunkt. Jetzt ist darunter immer Rambazamba. Ich kannte die Madame de Saint Phalle, man kannte sich dannzumal.

Wächst alles mit l'amour und stirbt alles ohne. Gestorben wird sowieso. Bei mir ist aber das reinste Schutzengelparadies.

Päuli: Hedylein, das Wasser kocht.

Und hier die Bücher. Ich lese viel, ich lese immer. Die meisten Nächte verlese ich. Warst du beim Werni? Der Werni war immer begeistert von meiner Bibliothek, der Polizist, wenn er vorbeikam. Sie ist leider auch staubig. Komme zu wenig zum Putzen. Ich liebe kein Buch besonders, aber den Dürrenmatt mag ich sehr. Und ich lese gern Französisch. Der Werni ist auch ein Büchernarr, das würde man einem wie ihm nicht geben. Von der Sitte. Jetzt ist er im Spital. Der Arme. Hat er Zeit zum Lesen.

Jedes Mal, wenn er zu einem Kaffee kam, beschnupperte er meine Bücher. Er kam nie in Uniform, er hatte gar keine. Mit ihm kann man reden. Und ein viriler Typ ist er, hat auch sehr schöne Augen.

Ich schaue gut. Azurblaue Augen, azzurro. So schöne Augen hätte ich auch gern gehabt. Wie mein Vater, der hatte Silberhaare und stahlblaue Augen. Ich habe die Augen von der Mutter. Keine blauen Augen, grau sind sie. Gewöhnlich. Eher graugrün, Dämmeraugen, steingrau. Nur am Meer sind sie blau.

Nimm doch das Wasser endlich vom Feuer, Päuli!

Die Mutter war nicht schön, aber sie hatte schöne Hüte. Verrückte Deckel mit grossen Seidenblumen. Sehr eigenwillig war meine Mama, schneiderte die Kleider selber und liess sich grosse Hüte machen. Furchtbar. Ich habe mich so geschämt. Sie war klein und rund, kleiner noch als ich. Und obendrauf immer ein Hut mit Gemüse. Den Speck hatte sie sich angefressen, im Ärztezimmer des Spitals St. Gallen. Furchtbar, das viele schöne Essen, das sie immer von den Doktoren erhielt. Zuerst spielte sie Klavier und sagte Gedichte auf, oder ich. Und wenn die Herren operieren gingen, konnte die Mutter die Resten essen, oder ich. Sehr schöne Sachen waren das meistens, aber zu viel.

Hier ist ja vieles von der Mutter, kein Hickli ab nirgends. Viel zu viel Zeug überall, ich muss mal misten. Die Mutter trug Sorge. Die Alten tragen Sorge zu den Dingen, als würden sie nie sterben.

Päuli: Ich würde sagen, uh. Uh. Ich bring das Wasser ja.

Ich habe es auch gern sauber. Sehr sauber muss es sein bei mir. Warte, jetzt putze ich noch schnell die Toilette. Schenk ihr ein, Päuli, und tu einen grossen Löffel Pulver Gold in die Tasse. Und die welschen Gutzi dazu.

Wenn ein Gast da ist, muss bei mir die Toilette sauber sein, blitzblank. Auch sonst, aber das ist schwierig mit dem Päuli, er tröpfelt. Und wenn er sitzt, kommt er ewig nicht heraus.

Ich komme sofort.

Päuli: Hehe, alles sauber. Es ist ja sauber, Hedeli, sauber alles.

Sauber ist es nie genug. Nimm doch Zucker und Rahm und Gutzi. Du bist der Gast.

Ich kann gut reden zum Putzen. Ich erzähle einfach weiter, wenn es recht ist. Aber ich sage nicht alles. Manchmal redet es, manchmal gar nicht. Als Kind redete ich nicht viel. Ich war ein Einzelkind, sozusagen. In Basel geboren, aber beinahe nicht. Von daher kenne ich das Sterben schon, seit ich lebe.

Päuli, du hast die Zahnpastatube nicht zugemacht.

Um ein Haar wäre ich in der Mutter gestorben. Dann schnitten ihr die Ärzte den Bauch auf. So ein dreckiger Spiegel. Und gruben mich heraus, nicht wahr. Sie tauften mich auch, zur Not katholisch. Sobald ich den Schnauf hatte, tauften sie mich katholisch. Obwohl meine Mama protestantisch war. Sie konnte doch nicht protestieren, so operiert, nicht wahr. Ich war aber ganz wohlauf.

Soola, rutsch ein bisschen, Paul. Im Krieg war das. In Basel hörte man die Bomben, der schlimmste Ton. Im Traum höre ich manchmal jetzt noch Sirenen. Als ich vier war, warfen die Alliierten Bomben auf den rosa Pelikan. Den rosaroten Pelikan im Zoo, ich hatte den so gern gehabt. Ich besuchte ihn immer mit der Mutter. Wahrscheinlich ist dieser rosarote Pelikan meine allererste Erinnerung. Und der Ton. Man brachte diesem seltenen Vogel hartes Brot. Dann war er verschwunden. Mit dem vielen Dröhnen und Krachen war er weg. Rosa Augen und rosa Füsse und lange rosarote Federchen hatte er. Dann war er tot. Sonst wurde niemand getroffen bei dem Bombardement. Versehentlich war das, nicht wahr. Der Bahnhof sollte ausgeschaltet werden, und fast aus einem Wunder starb kein Mensch. Nur dieser rosarote Vogel. Dann machte man alles wieder sauber.

Nie mehr seither habe ich einen rosa Pelikan gesehen.

Wir zogen dann nach St. Gallen. Die Eltern waren nicht zusammen. Mein Vater hatte sich nur in meine Mutter verliebt. Sie sich in ihn auch, wooll. Sie waren zusammen und getrennt, beides. Als ich noch klein war. Oder nicht geschieden, weil nicht richtig zusammen. Nicht verheiratet. Wahrscheinlich. Oder doch verheiratet, aber erst später, ich weiss es doch nicht. Liiert irgendwie. Oder früher mal und später wieder nicht mehr zusammen oder verheiratet, wer soll das denn noch wissen. Jedenfalls wollte meine Mutter dann ganz nicht mehr mit ihm sein. Zuerst schon. Aber dann nicht mehr. Das erzählte sie einmal, sonst erzählte sie nichts. Der Vater fiel aus allen Wolken.

Ein alter Mann war er schon, als ich auf die Welt kam, über sechzig. Alle meinten, er sei mein Grossvater. Und mein Mami war auch schon vierzig, alt. Sie hatten mich eher nicht geplant, gar nicht. Garnichtgarnichtgarnicht, nein. Sie waren einfach verliebt. Man könnte mich als Unfall bezeichnen, ins Leben geplumpst ohne Plan. Darunter habe ich doch nie gelitten, es ist nichts Besonderes. Das ganze Leben ist sowieso ein Zufall oder ein Unfall, nicht wahr. Man muss fallen können, und ich hatte Glück.

Und sie liebten mich ja beide, wooll.

Ich war beim Mami, und ich war auch beim Papi. Einmal dort, dann da, dann dert und wieder daheim. Das war also nichts Besonderes. Für mich war im Leben alles normal. Er heiratete später eine andere. Die hatte er anscheinend schon vorher.

Ich kam also in Basel auf die Welt, nicht in St. Gallen, wo die Mutter ursprünglich herkam und der Vater sowieso. In Basel gab es eine Tante und einen Onkel. Dort konnten wir anscheinend sein, solange sie so dick war, und nach der Geburt auch noch ein bisschen. Die Mutter erzählte nicht viel. Meine Mutter half eine Zeit lang im Spital aus in Basel.

Was in meinem Geburtsschein steht, weiss ich nicht. Ich habe keinen. Er ist verschwunden, irgendwo abhandengekommen. Oder auf dem Estrich. Meistens lebte ich also bei der Mutter, am Wochenende beim Vater, später im Internat.

Päuli, es wird aber nicht geschlafen am Tisch.

Klein und rund war mein Mameli eben, und sie sass gern an der Wärme und strickte mir Pullover. Wunderschöne warme Kleider machte sie für mich. Klein hat auch den Vorteil, man ist schneller fertig. Und bei den Kleinen sieht man den Mut nicht unbedingt. Mein Mami war sehr mutig.

Päuli: Uh, mutig, mutig. Wie ein Löwin.

Sie hatte Courage. Und sie war auch gut gebaut da vornerum, das konnte sie brauchen im Krieg. Sie band sich nämlich immer Geld unter die Brüste. Sehr viel Geld, nicht wahr. Und ging so über die Grenze, bei Kreuzlingen. Das Geld bekam sie vom Rabbi, einem Rabbiner in St. Gallen. Der hatte zwölf Kinder mit seiner Rabbinerin. Und dort war meine Mutter Kinderschwester. Der Rabbi gab ihr Geld, und sie marschierte über die Grenze mit den vollgepackten Brüsten. Und mit dem Geld kaufte sie Juden. Nicht nur bei den Nazis, vor allem auch bei den Schweizer Zöllnern kaufte sie Flüchtlinge. Sie gab den Zöllnern Geld, damit diese Verfolgten zu uns hereindurften, und nicht vergast oder totgeschlagen wurden, nicht wahr. Als kleine Frau, man sah sie kaum.

Meine Mutter hatte nie Angst. Die Angst sieht man ja von weitem. Mein Mami sah man nicht. Sie sagte zu mir – Warum sollte ich Angst haben? Ich bin nicht so wichtig. Ich gehe einfach durch alles hindurch. – Manchmal bezahlte sie auch Leute, die die Flüchtlinge über die Grenze führten. Es war Ausländerstopp in der Schweiz, und sie kamen mit Booten, in der Nacht, über den Rhein, und die Bootsführer musste man bezahlen.

St. Gallen hatte ja schon früh ein Durcheinander mit den Juden, das wusste die Mutter. Diese hochehrwürdige Klosterstadt, nicht wahr. Die Katholiken schimpften über die Juden, nicht nur in Gebeten. Weil sie den Heiland gekreuzigt hatten, da unten, weit weg in Jerusalem. Aber es empörte die Leute auch nach vielen Jahrhunderten noch in St. Gallen. Also waren die Juden schuld an der Pest, und die Sündenböcke brachte man um. Frauen, Kinder, alle, im Namen des Vaters und des richtigen Glaubens. Zweimal gab es eine böse Judenverfolgung, das erzählte die Mutter. St. Gallen war immer eine geteilte Stadt, von Religionen zerschnitten. Sie wurde dann reformiert. Und mitten in der reformierten Stadt das alte katholische Heiligtum. Und im Wappen ein heidnischer Bär.

Der Bär gefällt mir.

Päuli: Uh.

Den berühmten Polizisten kannte ich auch. Den St. Galler Polizisten und Helfer, den kannte ich doch gut. Ein stiller Mann, Lebensretter. Jetzt ist er ein Held, dannzumal war er ein Verbrecher. Beim Werni Freudiger war das ja beinahe auch so. Es gibt zum Glück immer auch solche gegen die Regeln. Gute Leute, die nicht unbedingt nur machen, was man ihnen sagt. Und nicht alles herumposaunen. Die Mutter hatte mit dem Herrn Grüninger zu tun. Er war ein sehr Freundlicher, und er rettete Tausende von Menschen, gegen die Vorschrift. Und wie sie den abservierten, wie sie den entliessen! Die saubere Stadt! Er weinte bei meiner Mutter in der Küche. Ich weiss noch, wie er sich die Tränen abwischte und schneuzte, das war erst später, da war er schon nicht mehr Polizist.

Päuli: Madame, der Kaffee wird kalt. Nicht dass es wieder heisst, der Kaffee ist kalt.

Das macht doch nichts. Die welschen Gutzi werden dadurch nicht besser.

Päuli: Das sagt grad die Richtige.

Haben wir keine anderen Gutzi, Päuli? Die vom Coop sind

einfach besser. Im Welschland bekommt man häufig alte Gutzi.

Päuli: Alte Guetzli, hehe. Ui, hehe.

Sei nicht frech und hol die Schachtel dort, bitte.

Päuli: Wir kaufen sowieso alles im Coop.

Er hat ein Leben lang beim Konsum gearbeitet, ein guter Mann, der Päuli. An der Hohlstrasse in Zürich. Er machte die Verkäuferlehre.

Päuli: Das ganze Leben. Ja fff Filialleiter Detailhandel. Habe aber noch schnell nebenbei Obst- und Weinfachschule gemacht, und Gemüseunterricht auch noch.

Päuli war schon immer in Zürich, meistens. Er wuchs im Niederdorf auf, das war da noch etwas ganz anderes. Sogar die Häringstrasse war dannzumal eine bürgerliche und saubere Strasse, nicht wahr. Unten an der Ecke zur Zähringerstrasse ist der Braumandl, Zinngiesserei, Becher und Wappenscheiben. Der schaute schön, dass alles sauber blieb. Päuli war ein hochgeschätzter Mitarbeiter, sehr gescheit. Er konnte alles auswendig im Laden, akkurat. An der Kasse hatte er die Beträge im Kopf und zählte sie im Kopf zusammen. Das konnte sonst niemand.

Und dann, alles weg, nicht wahr. In einem einzigen Moment, alles fort. Alles verloren hat er. Wegen diesen Tobsüchtigen, sie liessen meinen Päuli auf dem Trottoir liegen. Tot fast. Ein unschuldiger Mann. Diese Geschichte erzähle ich vielleicht später einmal. Jetzt habe ich nicht so viel Zeit.

Aber er ist zum Glück nicht gestorben. Nicht wahr, Päuleli, wir sterben nicht so schnell.

Sei so gut, und pass ein wenig auf, dass dir nicht alles auf den Teppich fällt! Luzi, das ist nicht für dich.

Unsere Mütter waren Freundinnen. Und Cousinen auch,

eng befreundet. Darum kam seine Mutter meine Mutter besuchen im Spital in Basel. Er war der erste Mann, der mich sah, neben den Ärzten, der Päuli. Und er fand, ich sei ein schönes Baby.

Päuli: Ich möchte sagen, ich bin ja sieben Jahre älter. Es ist mir auf eine Art wieder in den Sinn gekommen, als Hedy einmal angeschnitten hatte, dass sie sich um den Geburtsschein kümmern muss. Der ist ja verschollen. Da ist mir das wieder in den Sinn gekommen, dass ich sie schon in Basel gekannt hatte. Herziges Kindchen mit langen Haaren war das. Hehe. Ich kann mich erinnern. Sie hatte schon immer schöne Haare.

Übertreib nicht.

Päuli: Aber es ist so – wir haben uns später teilweise sehr auseinandergelebt.

Ich war viel fort. Als kleines Kind war ich zuerst immer bei der Mutter. Sie war Kinderschwester, dann Krankenschwester und später arbeitete sie im Ärztezimmer. Mein Mami arbeitete immer. Ich hatte mein Maträtzchen, zwischen den Betten am Boden. Die Kranken sind nett.

Sie konnte mich ja nicht zu Hause lassen umsgottswillen. Ich schlief dort wunderbar unter den Kranken, ich hatte meine Ruhe und mein Mami. Sie bekam doch vom Arbeiten einen kaputten Rücken und konnte die Halbtoten nicht mehr gut herumtragen, nicht wahr. Da hielt sie im Sitzen Wache und häkelte. Oder sie sang. Oder sie sagte Gedichte auf. Oder ich. Das machten wir für die Patienten und für die Ärzte auch. Manchmal schrieb sie Gedichte und trug sie dann vor. Sie konnte alles auswendig, ich nicht, ich habe ein schlechtes Gedächtnis. Die Mutter konnte die Leute trösten, sie sang, und sie brachte einen zum Lachen und zum Weinen. Einfach wahnsinnig gut war die Mutter in allem.

Ich nicht. Ich dichte nie. Nie! Ich mag nicht erfinden. Ich hatte nie Zeit, etwas zu erfinden. Alles war sowieso schon immer passiert, bevor ich es erfinden konnte. Ich lese nur. Er da schaut immer fern.

Päuli: Also ich würde es so sagen –

Wooll, er liest auch. Micky Maus, aber er schaut lieber fern. Ich sage jeden Abend – Jetzt stell doch die Kiste ab. –

Päuli: Hochinteressant. Ä diese Nacht kam im Zweiten Deutschen etwas über Syrien.

Syrien. Ich war einmal dort und ging nach drei Tagen wieder. Für eine Frau ist es da sehr schlecht. Jetzt machen die Krieger sowieso alles kaputt. Furchtbar. Furchtbar.

Päuli: Beim Fernsehen ist also für mich der Hauptgrund – Eishockey. Da bin ich Fan. Extrem. ZSC, Zürcher Schlittschuh Club. Und jetzt möchte ich eins sagen, das Schweizer Fernsehen ist ganz unterlegen dem Deutschen.

Jetzt sei doch still, das will doch niemand wissen.

Ich war also bei der Mutter, und sie war bei diesen Sterbenden im Spital. Irgendwann kommt es halt zum Sterben. Und dafür gab es das Zimmer, Sterbehospiz St. Gallen. Ich lernte das Sterben vor dem Lesen.

Die Mutter erklärte mir immer. Sie zeigte mir alles, versteckte nichts vor mir, auch nicht den Tod. Wooll. Laut schnaufen tun sie und die Augen verdrehen, bis alles weiss ist. Und dann ist man nicht mehr hier. Innert Sekunden ist man fort. Kein Mensch mehr da, nur noch die Erinnerung. Bestenfalls, nicht wahr. Meistens spürt man es vorher, dass sie gehen. Dann blieb die Mutter in der Nähe und sang. Sie sang so schön, jeeh. Nicht laut, sehr fein, ich lag auf meinem Maträtzchen. Man muss sich den Sterbenden aber nicht grad aufdrängen. In der Nähe sein.

Meine Mutter war ein offenherziger Mensch. Eigentlich barmherzig, mein Mami. Und ganz furchtlos.

Angst hatte sie nur vor dem Wasser. Grossen Respekt, vor Seen, vor Flüssen, vor dem Meer sowieso. Immer warnte sie mich, es liege Unheil darin. Und oft erzählte sie mir diese Geschichten.

Du, wir schlafen wirklich nicht am Tisch.

Päuli: Ich schlafe nicht. Ich rechne.

Er kennt die Geschichten halt schon. Die Mutter hatte eine Freundin, und die ging auf eine Seereise mit ihren Eltern und der Schwester. Das waren sehr reiche Leute. Die Mädchen wurden mit Pferdegespannen in die Schule gefahren. Im Rheintal. Und man buchte Reisen nach Übersee. Aber von einer dieser Seereisen kam die Freundin nicht mehr heim. Von der Titanic. So eine traurige Geschichte, immer wieder ist sie traurig, obwohl es so lange her ist. Als das Schiff anfing unterzugehen, wurden die Kinder und die Frauen und die Alten zuerst evakuiert. Nur die Männer durften nicht auf die Rettungsboote. Sie standen an der Reling und winkten, auch die Väter. Und die Freundin der Mutter stand vor dem Einstieg ins Rettungsboot, aber der Vater blieb auf der Titanic. Jedes Mal musste die Mutter weinen, wenn sie davon erzählte. Weil ihre Freundin sich doch losriss und zurück zum Vater rannte. Riss sich das Mädchen einfach los! Und das Rettungsboot ging ohne die Freundin. Das Mädchen wollte beim Papi sein und versank mit ihm im Meer. Die Männer, das Mädchen und die auf den billigen Plätzen ertranken alle, nicht wahr.

Päuli: Also ungefähr vierzehnfünfzehneinhalb Jahre haben wir uns nicht gesehen.

Wie kommst du jetzt da drauf?

Später war noch ein Seeunglück. Oder Glück für die Mutter, je nachdem. Ihre Schulklasse machte einen Ausflug auf den Walensee, achtunddreissig Kinder. Aber mein Mami wollte auf keinen Fall mit, sie hatte immer einen harten Kopf. Und diese Wasserscheuheit, vielleicht wegen der Freundin. Am Schluss musste sie nicht gehen. Die Mutter sagte immer, sie habe das Gefühl, das Wasser ziehe sie hinunter. Sonst war sie ja nicht ängstlich.

Und an diesem Tag sind alle achtunddreissig Kinder im See ertrunken. Nur die Mutter nicht.

Ich kann also sehr gut schwimmen. Jedenfalls so gut, dass ich mich nicht so leicht hinunterziehen lasse, nicht wahr. Habe doch keine Angst vor dem Wasser. St. Gallen ist eine Wasserstadt, überall Flüsse und Bäche. Fluss- oder Seeungeheuer habe ich dort nie angetroffen, obwohl vor dem Hotel meines Vaters ein Brunnen stand mit dem Neptun drauf.

Päuli: Hehe, sie kommt einem trotzdem gern abhanden, das Hedylein. Also jahrelang.

Sei still. Er ist furchtbar.

Bevor du gehst, meine Liebe, will ich dir noch erzählen, dass ich Klavier gespielt habe. Gut gespielt. Wir kennen uns ja nicht. Damit du nicht denkst, ich hätte keine Kultur. Mein Vater wollte das, er zwang mich. Und damit man schön Klavier spielen lernt, muss man zuerst das Flöten können. Schon als kleines Mädchen spielte ich Flöte. Zuerst für den Vater, dem gefiel das. Dann aber vor allem im Spital, für die Kranken. Und für die Ärzte Klavier. Chopin oder irgendwas, dann gaben sie mir Geld. Bei den Kranken spielte ich gratis. Dort spielte ich am liebsten.

Jetzt muss ich wirklich. Komm uns bald wieder besuchen. Dann gehen wir zusammen zum Chines. Oder ins Tea-Room Siesta, dort ist der Kaffee besser.

3

Tritt ein, bring Glück herein. Wir haben schon auf dich gewartet.

Ich habe leider gar keine Zeit, noch so viele Termine. Furchtbar. Und ich erzähle nicht alles, das weisst du. Aber von ganz früher kann ich schon. Setz dich auf die Eckbank, von dort siehst meinen schönen Balkon mit den Pflanzen. So viel Arbeit, schöne Arbeit.

Vom Vater weiss ich nicht viel. Mein Papa war Hotelpapst und Kinozar in St. Gallen, und er hatte einen ganz anderen Weg für mich geplant, nicht wahr. Einen anderen, als es dann halt wurde. Er hatte immer Angst um mich. Es passiere mir etwas. Oder ich würde von einem bösen Mann verführt.

Musst nicht knurren, Päuli.

Ich war ein ziemlich hübsches Kind, wooll. Als Kind war ich sehr hübsch. Darum war der Vater so streng. Sehr streng. Damit ich nicht verdorben werde. Er las auch mein Tagebuch, hinterrücks. Das merkte ich aber, weil es nicht mehr am gleichen Platz lag, sondern in seinem Büro auf dem Pult. Da sagte ich – Du darfst nicht meine Sachen lesen, Papa. Ich lese deine auch nicht. – Er lachte nur. Alle hatten Angst vor ihm.

Obwohl ihn jeder Vater nannte, er wollte das so. Alles, alles musste er immer von mir wissen.

Er wollte, dass ich etwas lerne, das mir später nützt. Damit ich etwas verdienen und mich wehren könne. In weiser Voraussicht wollte er das, nicht wahr, kann man sagen. Juristin oder Ärztin.

Der Vater war sehr einflussreich. Wenn er etwas sagte, wurde gespurt, auch bei der Stadt. Politisch tätig war er aber nicht, das war ihm zu eng, er war ohne Partei. Ich durfte ihm das Mäppchen tragen. Alle kannten ihn, und ich stolzierte neben ihm durch die Strassen. Superkindheit. Ich hatte eine sehr schöne Kindheit in St. Gallen. Der Filmoperateur vom Kino Palace chauffierte uns herum, in einem grünen Opel Kapitän. Ich durfte vorne sitzen. Aber autoritär war der Vater, furchtbar. Alles befahl er, er konnte nur befehlen. Nie hätte er um etwas gebeten. Klopfte mit seinem Stock, das reichte meistens. Er schlug mich niemals, nie. Das hatte er auch gar nicht nötig, es interessierten ihn vor allem die Noten. Und die waren gut.

Päuli: Der Platzanweiser ä der Chauffeur, der hatte ja sozusagen ein Techtelmechtel mit der Ida, diesem Dienstmädchen.

Der Vater war auch ein Schlimmer. Ein Strenger, aber ein Schlimmer. Er befahl mir immer, was ich anziehen darf oder eben nicht anziehen. Und den Umgang – Die und die Freundin ist nichts für unsereinen. – Und im Kino durften nur saubere Filme laufen. Aber daheim im Hotel hatte er im Keller ein Variété, da war es immer schummrig. Ich empfand seine Art nicht als Befehlshaberei oder Unterdrückung. Das empfindet man doch nicht, wenn man es gewöhnt ist. Ich kannte diese Wörter nicht. Es war einfach so, wie es war. Ich lehnte mich nie gegen den Vater auf. Mit keinem Wort. Höchstens mit einem Küsschen.

Angst hatte ich nie vor ihm. Vor einem Mann hatte ich nie Angst, auch nicht vor meinem Vater.

Päuli: Fffff.

Nur manchmal. Wenn er das Mittagsschläfchen machen wollte. Das hatte ich nicht gern. Musste ich zu ihm. Er hatte im Hotel diese teuren Sofas, überall rote Sofas, mit Samt überzogen, Plüsch, Stilmöbel. Mit denen zeigte man dannzumal, dass man es hat. Und da lag er in seiner Suite, und ich musste ihm die Hosenstösse runterziehen. Und die Bügelfalten an den Hosen sorgfältig von oben bis unten richten. Und ihm die Schuhe ausziehen. Und die Pantoffeln überstreifen. Wooll. Und wenn ich zu lange machte, packte er mich. Da sagte ich – Papi, du bist gar kein Lieber. – Und er sagte – Komm, Schätzeli, ich gebe dir ein Küsschen. – Mein Vater verwöhnte mich eigentlich nur.

Päuli: Ä also mehr als verwöhnt.

Verwöhnt. Und die Stiefmutter kaufte mir immer Schuhe. Schreckensschuhe. Gräusliche Schuhe, Klobischuhe. Diese groben Kneipper. Ich hätte einfach normale Sandalen gewollt, weisse oder braune, rote vielleicht. Einfach Sandäleli. Aber umsverrode nicht. Dass ich mich schön anzog, das kam automatisch. Die Stiefmutter kaufte mir die teuren Sachen. Sie war eine Liebe, aber sie zwang mir diese gesunden Schuhe auf. Furchtbar. Die schmatzten auf dem Linol und sogar auf dem Parkett, man hörte mich von weitem kommen. Bis zur Maturafeier im Schützenhaus musste ich diese Quietsch-Schuhe tragen. An der Feier sass ich allein mit den breiten Kneipp-Schuhen, alle anderen mit kleinen Absätzchen, nicht wahr. Die Stiefmutter sagte immer – Mit breiten Schuhen kommst besser voran und kannst dich wehren im Leben. –

An den Schuhen sieht man ja alles. Ich hatte immer gern schöne Schuhe. Ob sie sauber sind und wie sie getragen werden, sie verraten dich. Sie sagen so viel, wie die Hände. Ich schaue gut. Eine Zeit lang trug ich nur auffällige Schuhe mit ellenlangen Absätzen. Aber im Alter geht das nicht mehr, es sieht blöd aus. Umsgottswillen. Man kann auch nicht laufen auf diesen Stängeli.

Päuli: Also nur ein Beispiel. Ä zum Beispiel. Sie findet nämlich fast keine Schuhe. Jetzt haben wir aber einen Schuhladen in Örlikon gefunden.

Den Walder, der führt auch kleine Nummern.

Päuli: Sie hat jetzt 36. Jetzt. Weil die Füsse auseinandergehen. Vorher hatte sie 35 ½. Und man will ja nicht Kinderschuhe.

Mein Mami hatte 35 ½, fand auch nirgends Schuhe. Ach Luzeli, entschuldige, dass wir dich so vernachlässigen.

Wir müssen ihn kastrieren, das mache ich nicht gern. Aber der steigt auf jeden Hund drauf. Auch auf jeden Mann, richtig schwul ist dieser Hund. Er steht nicht auf Frauen, das weiss man halt nicht vorher. So ein Lieber aber. Er isst auch alles.

Päuli: Nicht nur Gutzi, er isst auch Chinesisch, auch Gemüse und Salatigs. Er isst Rhambarbermus, er isst Sauerkraut. Wenn ich nicht da bin, dann trötzelt er herum und bellt. Dann ä gewöhnt er sich. Dann ist er ruhig.

Das ist der Luzeli II, er hatte es nicht schön im Leben. Bis wir ihn geholt haben.

Päuli: Isst auch Käse. Isst geräuchtes Fleisch. Isst Salami. Auch Wienerli, Kägi fretli. Aber nur bissweise, mundgerecht. Selpfffff-verständlich.

So ein Lieber. Luzi, komm zum Mami.

Päuli: Luzeli, geh zum Mami.

Wenn er nicht will, soll er es bleiben lassen.

Päuli: Er isst Brokkoli, er isst Rüebli, er isst Kartoffeln, alles. Salat.

Komm her. Man muss ihm schon etwas geben. Jetzt bettelt er. So ein Schöner, ein ganz Schöner, nicht wahr.

Ich hatte sehr gerne Tiere. Mein Vater hatte einen Boxer, der hat mich immer gebissen. Weil ich der Liebling war vom Vater, drum schnappte er. Er war eifersüchtig. Hunde beissen auch, wenn sie einen lieben. Der Vater haute ihm auf die Schnauze. Er sagte – Du musst dich wehren, Hedy. Du darfst nie Angst haben. Du musst dich durchsetzen gegen die Kreatur, musst sie dominieren. Du bist meine Tochter. Du kannst das. –

Ich mag aber Tiere nicht so unterwürfig. Ganz früh, als kleines Kind, lernte ich reiten. Von St. Gallen bis ins Toggenburg hinein ritt ich allein mit dem Vater, nach Wattwil. Das war sehr schön. Immer ohne Sattel. Dannzumal ist ein Kind doch ohne Sattel geritten. Und im Sommer mit nackten Füssen. Ich hielt mich an der Mähne und flog fast mit dem Pferd. Daneben ritt der Vater. Es ist unbeschreiblich, so auf dem Ross zu fliegen, du spürst bald keinen Unterschied mehr zwischen dir und dem Tier. Ganz selber lernte ich Reiten, wooll. Man lernt es, indem man es tut.

Auch später in Italien ging ich reiten. Dort war es immer warm. Ohne Sattel, ohne Schuhe und die Haare offen. Aber draussen sind lange Haare gefährlich. Ich musste sie in straffe Zöpfe binden, bis es wehtat. Der Vater war streng. Nur zu Hause durfte ich sie offen tragen.

Und im Thurgau in den Ferien bei den Grosseltern ging ich auch jedes Mal reiten.

Päuli: Höörli offen, hehe.

Mit dem Päuli, der war auch da. Er kam mit dem Velo von Zürich, zum Äpfelauflesen, es waren ja auf eine Art unsere gemeinsamen Grosseltern, alte, liebe Leute. Eigentlich bin ich fast mit meinem Coucousin aufgewachsen. Seit ich denken kann, immer kannte ich diesen Päuli.

Päuli: Ä einer der grössten Bauernhöfe da, unsere Verwandten. Das war für uns Kinder das Schönste, ein Trauma, oder, ganz wunderbar.

Hallo. Nicht Trauma. Traum.

Päuli: Schönheit. Schöne Zeit.

Die Mutter war manchmal dabei, aber meistens blieb ich ohne sie da. Und er kam. Die Grosseltern hatten den schönsten Hof und das Land im Flachen. Apfelbäume. Viele, viele Tiere. Vermögende Leute, und dann verkauften sie alles, anstatt es in der Familie zu lassen. Die liebste Zeit meines Lebens war das, wooll.

Päuli: Also wenn du einmal einen brauchst, der auf Leitern klettert ä ich bin da.

Der fällt nicht runter. Er kann das. Er holt den letzten Apfel vom Baum.

Päuli: Jagg.

Er war auch bei der Feuerwehr. Er war sowieso ein Frecher. Plagte mich immer. Ich kam in den Thurgau, und er fing an mich zu plagen. Ich hatte ihn trotzdem gern. Es waren keine bösen Absichten, er riss mich nur an den Zöpfen. Es musste einfach geplagt sein. Die Buben mussten plagen, um den Mädchen nahe zu kommen, nicht wahr. Die Mädchen sassen in der Kirche ganz vorn beim Altar und die Buben dahinter. Und ich war bei den Mädchen zuhinterst und er bei den Buben zuvorderst. Und wenn die Schwester zur Kommunion ging –

Päuli: Huu, die heilige Nonne Aufpasserin.

– wenn ich also dort sass und lernte, zum Beispiel Verben in Französisch oder Englisch, dann war die Kirche weniger langweilig. Und plötzlich riss er mich an den Haaren. Aber so, dass es wehtat, furchtbar. Er riss mich unter der Banklehne hindurch so an den Zöpfen, dass ich fast zu den Buben kippte. Schreien durfte man nicht in der Kirche.

Päuli: Hehe. Also jetzt Entschuldigung.

Ein Grober war er. Und ein Wüster. Ich hatte zum Glück die Schuhe von der Stiefmutter. Und wenn wir aus der Messe kamen, gab ich ihm den Schuh vorne rein, schön in die Mitte. Der Papa sagte – Wenn dich die Buben plagen, dann gibst ihnen den Schuh. Schön vorn in die Mitte. –

Sonst waren wir immer lieb miteinander, der Päuleli und ich. Und eben immer zusammen. Ich weiss auch nicht warum, aber wir waren meistens zusammen. Haben gespielt zusammen, Birnen aufgelesen, Zwetschgen aufgelesen, bekamen Handschuhe wegen der Bienenstiche, Äpfel aufgelesen, alles immer zusammen. Oder Beeren und Pilze gesucht. Kennst du diese schönen Ringe im Wald, die Hexenringe? In den Hexenringen spielten wir stundenlang unsere Geschichten. Alles Mögliche an Geschichten. Wir kannten ein paar Schwämme, Totentrompeten, Hallimasche, Pfifferlinge, Röhrlinge, und brachten sie heim. Manchmal leuchteten sie in der Dämmerung, das morsche Holz und die Blätter können leuchten zu bestimmten Zeiten. Heute kenne ich sie nicht mehr, habe es vergessen. Die Mutter kannte alles. Die Mutter kannte die Pflanzen, die Pilze und die Menschen.

Als ich immer in den Thurgau musste, wohnte die Mutter schon in Arbon. Sie hatte einen geheiratet, den Sébastien, stahlblaue Augen. Das sollte eine Art Ersatzvater sein. Die

Mutter sagte das. Er kam aus Australien, kannte Papageien, war aber ein Schweizer. Er ging auch etwa viermal mit mir zur Schwägalp hinauf und spendierte mir ein dickes Mittagessen. Das war gar nicht selbstverständlich. Ich durfte dort schön reinbeigen, so viel ich wollte. Ich ass doch so gern.

Meine Mutter kochte wunderbar. Das gefiel dem Herrn Ersatzvater. Und backen konnte sie auch. Und die Hemdkragen umdrehen, sie drehte ihm doch alle Hemdkrägen um. Auch die Manschetten, er musste sich nichts Neues kaufen. Das konnte sie.

Nur selber sagen konnte sie es mir nicht. Ich war schon im Internat, und die Schwester Oberin rief mich an einem Morgen ins Kontor und klärte mich auf. Dass ich nun einen neuen Vater hätte. Und die Mutter konnte mir das nicht sagen. Keine Ahnung, warum, keinen Schimmer. Und ich brauchte doch gar keinen neuen. Als Kind kann man aber nichts dagegen haben, wenn die Mutter einen Neuen will. Und ich hatte auch nichts dagegen.

Päuli: Nein.

Der Vater fand dann – Jetzt kommst du zu mir. Schluss, jetzt gehörst du ganz zu deinem Papa. Bei deiner Mutter geht es doch sehr einfach zu und her. Und mit diesem fremden Mann. Dort hast auch den schönen Luxus nicht, den du bei mir hast. Schätzeli, jetzt kannst dir auslesen, wo du leben willst. Ich regle das. – Da sagte ich – Ich will zum Mami. Und dann komme ich immer auch zu dir. –

Mein Vater wollte mich, sie haben gestritten. Es war auch dannzumal nicht einfach, die Paare mussten kämpfen um ein Kind. Die Väter kämpften weniger, fast immer bekam es die Mutter.

Ich war doch bei beiden gern. Genau gleich. Eine heile

Welt, eine heile Welt hatte ich. Eine heile Welt beim Vater und eine heile Welt beim Mami. Nur nicht zusammen.

Die Eltern waren aber lange zusammen. Wooll, lange, nicht wahr. Ich weiss nur nicht, wie und wo und was. Und ob sie ein richtiges Paar waren. Das Gegenteil steht ja nirgends geschrieben, und im Geburtsschein steht das sowieso nicht.

Die Mutter hätte gar nicht in ein Hotel gepasst, nicht als Ehefrau auf diese Sofas. Sie arbeitete lieber richtig. Sie wollte immer unabhängig sein und mit den Händen etwas tun. Ein Freigeist war sie, harter Kopf, furchtbar.

Päuli: Uuh.

Für sie waren die Patienten alles. Und die Ärzte. Die Arbeit, das Singen und Vorlesen, das war ihr Leben. Und die Freiheit. Sie hatte die Männer gern, aber sicher nicht als höhere Angestellte für einen. Umsgottswillen. Lieber blieb sie für sich, das stelle ich mir vor. Und musste darum immer schwer schaffen. Für jeden Rappen, den wir hatten, krampfte sie doch. Später half sie mir auch noch mit meinem Kind. Mein Mami arbeitete, bis sie umfiel und starb. Im Spital hatte sie nur am Sonntagnachmittag frei.

Der Vater wollte mich aber ganz für sich. Es gab ein Verfahren, und die Vormundschaftsbehörde St. Gallen entschied, dass die Mutter das Sorgerecht behält. Trotz dem wichtigen Papa, nicht wahr. Gemeinsam ging nicht. Man musste kämpfen, bis einer gewann.

Ich kann mich sowieso nicht mehr genau erinnern. Ich hatte einfach eine schöne Jugend, wooll, ich hatte alles.

Päuli: Sie hatte auch immer einen schönen Garten.

Wenn die Mutter ein Blatt vom Boden auflas, dann stellte sie es feierlich ins Wasser und redete mit dem Blättchen. Bis es nicht anders konnte und wieder trieb. Das allerletzte Blättchen begann bei ihr wieder zu wachsen, jeeh. Ich hörte sie so oft sagen – Soola, jetzt kannst schön weiterwachsen. – Dann wachsen sie nämlich. Das mache ich auch.

Päuli: Ä jagg. Am Morgen spät. Früh. Sie immer auf dem Balkon – Dududu, hast wieder Unkräutlein im Topf. Das muss jetzt aber weg. Und das Dürre da –

Du verstehst nichts davon. Die Geranien müssen gepflegt sein, sonst sieht es furchtbar aus, furchtbar. Ich habe gern saubere Blumen. Ich putze sie und rede mit ihnen, ganz normal. Sage – Was habt ihr wieder Wüstes gemacht. –

Päuli: Die rosaroten dort ä die habe ich extra geholt an einem Samstag. Für sie, oder. Ich hatte das Auto ffff schon nicht mehr, habe einen lieben Kollegen gefragt, ob er schnell mitkomme mit mir. Oder. Für sie. Ich möchte sagen, für dörfliche Verhältnisse ist der Preis fast ebenbürtig zur Stadt. Aber fachlich gesehen ist das ländliche Personal besser als das in der Stadt.

Jetzt komm da von den Geranien weg.

Päuli: Im Garten in Arbon hatten sie immer schönen Kopfsalat. Und den ganzen Kabis.

Vom Gartentörchen bis zum Bach alles voller Dahlien. Wo man hinschaute, Blumen. Ich hatte eine schöne Kindheit.

Päuli: Von da hat sie das. Mit dem Balkon.

Den neuen Vater fand ich eigentlich nett. Aber er hatte Kinder nicht gern. Er sagte jeden Tag zu mir – Aus dir wird nie etwas. – Jeden Tag kam das.

Päuli: Hehe.

Und beim richtigen Vater hätte ich immer die Erste sein sollen. Er sagte – Aus dir wird etwas Rechtes, Hedy. Du bist meine Tochter. – Die Noten mussten stimmen, dann war alles gut. Sonst wars lätz. Gute Noten hatte ich immer, und darum sollte ich studieren und irgendeine Praxis führen. Er werde mich ausbilden lassen, im Internat. Bezahlen, alles bezahlen.

Päuli: Pfff. Ffffhhhh.

Aber ich wollte doch gar nicht studieren! So lange in die Schule gehen, umsgottswillen. Ich wollte ganz etwas anderes, das wusste ich von Anfang an. Noch lange daheim bleiben wollte ich, beim Mami. Und eine Frau mit vielen Kindern wollte ich sein. Eigentlich eine dicke Mutter mit vielen Kindern und einem dicken Mann. Vorher Kindergärtnerin. Das war mein Traum. Aber das gefiel dem Vater gar nicht. Eine Gfätterlitante werde keine aus seinem Haus. Sicher keine Kindergärtnerin.

Der Vater befahl. Dannzumal merkte ich das gar nicht. Und so kam ich zu den Nonnen.

Jetzt musst du gehen, habe ich es dir schon gesagt? Der Päuli bringt dich mit dem Luzi zum Bus. Ich muss zum Arzt, es geht mir gut. Ich muss mich frisch machen.

Es geht mir gut. Aber nicht sehr besonders gut.

Komm nächste Woche. Oder wann du willst. Oder geh zum Werni.

Pass immer auf dich auf.

Ciaociao, Liebe.

4

Wo kommst du denn her, heute habe ich Putztag. Das habe ich ganz vergessen, dass wir verabredet sind. Der Päuli ist in der Waschküche. Wir können aber einen Kaffee trinken, wenn du schon da bist.

Das freut mich aber. Wo habe ich den Zettel, ich muss mir aufschreiben, wann du kommst. Der Luzi frisst mir alle Zettel. Jetzt machen wir grad ein paarmal ab. Viel Zeit habe ich nicht, das musst du wissen.

Der Vater bestimmte, wo es mit mir hinging. Morgenstern hiess das Internat, Stella Matutina. Venus, wenn man so will. Das muss nichts heissen. Für mich ging also noch kein solcher Stern auf. Erst später, einer oder zwei tauchten auf. Das erzähle ich dir noch, wooll. Bis es so weit war, dauerte es eine Ewigkeit.

Und nicht wahr, die schönen Sterne werden gerne schwarze Löcher.

Ich konnte selten heim. Wenn man im Internat ist, kann man doch nicht ständig heim. Nur in den Ferien. Frühlingsferien, Sommerferien, Herbstferien, Weihnachten. Ich wollte nicht fortgehen von daheim, aber ich musste. Der Vater bestimmte ja. Es war eigentlich üblich, dass man ins Internat ging, wenn man es sich leisten konnte. Das sagte er jedenfalls. Ein sehr guter Ort war es. Baldegger Schwestern führten dieses Haus in Hertenstein. Das ist auf einer Halbinsel am Vierwaldstättersee draussen, die letzte Gemeinde, bevor der See anfängt. Oben auf einem Hügel liegt das Mädchenheim, grad am Ende der Zunge. Und unten der schöne, dunkle See. Und weit unten in einem kleinen Häuschen wohnte der Pfarrer, ganz allein. Sonst war da nichts. Noch das Schiff ab und zu. Abgelegen, furchtbar.

Ich war in diesen Jahren nicht viel daheim, aber mein Mami kam sehr häufig zu Besuch. Ich sah sie oft. Einmal im Monat kam sie. Bis ich elf war, bis zur fünften Klasse, war ich beim Mami. Nachher weg, Internat, immer Aufgaben. Wörter lernen, lernen, lernen, lernen, nicht wahr. Auch in den Ferien. In den Sprachen war ich sehr gut. Ich kann sehr gut Französisch, sehr gut Italienisch, sehr gut Arabisch und gut Englisch. Das Arabische lernte ich erst später, heimlich.

Eigentlich bekam ich alle Fremdsprachen von Männern. Von den Männern bekommt man viel. Nicht nur Gutes, wooll. Französisch vom Vater, Englisch eigentlich auch. Der Vater redete mit mir als Kind immer in einer Fremdsprache.

Ich war doch genug daheim! Frühlingsferien, Sommerferien, Herbstferien, Weihnachten. Undsoweiter.

Nur am Anfang, da kam das Heimweh. Nur ein bisschen. Oder manchmal ziemlich. Später blieb ich dann gern im Heim, ich hatte Freundinnen. Daheim war ich doch allein, Einzelkind. Ich lernte im Internat, mich noch besser zu wehren. Zum Glück. Und das Büffeln. Für den Vater gab es nichts anderes.

Überall lernte ich, in der Schule, in der Messe, draussen auf den Sitzbänken, am See, beim Essen, auch nachts. Mit der Taschenlampe unter der Bettdecke übte ich, bis ich alles konnte. Wir hatten weisse Vorhängchen zwischen den Betten, die man zuziehen durfte. Viele Betten in einem Saal und Vorhängchen. Das Licht sah man natürlich. Ich hatte meinen Platz aber fast an der Wand, und die Schlafsaalaufsicht schlief auf der anderen Seite. Ich liess mich doch nicht erwischen.

Da kommt der Coucousin.

Päuli: Hehe. Die ffff Heilige hinter den Vorhängen. Stella Matutina.

Unsere Kleider mussten wie Soldaten sein. Sonst wurden sie rausgerupft und in den Boden gestampft. Und am Mittwoch kein schulfrei, sondern putzen. Ich hatte immer Ordnung, ich war das gewöhnt. Aber jetzt habe ich leider keine Ordnung mehr. Mit dem Luzi und dem Päuli, unmöglich. Musst schon entschuldigen. Ich habe so wenig Zeit.

Päuli: Ä man tut, was man kann.

Wenn wir frei hatten, gingen wir manchmal ans Wasser. Schwimmen, oder mit dem Boot hinaus. Einmal erlebte ich einen schlimmen Sturm. Mit dem Gärtnerssohn, der kam mit auf eine Bootsfahrt. Er war eigentlich noch hübsch, aber ich war ja so hinter dem Mond. Drei Burschen waren dabei und ruderten. Und ich sah den Sturm kommen, von weitem, sie sahen es nicht. Mich interessierte der Sturm viel mehr als die Burschen. – Wir müssen sofort heim! Das Wetter kommt! – Aber sie wollten es nicht sehen. Sie grinsten nur und ruderten.

Dann wurde es schnell dunkel, und wir kamen nicht mehr zurück. Obwohl wir alle miteinander paddelten wie verrückt. Es wusste ja niemand im Internat, dass wir auf dem See waren, das durfte niemand wissen. Meiner Freundin hatte der Gärtnerssohn nämlich ein Techtelmechtel gemacht. Der hatte immer seine Geheimnisse, und er wusste schon, wie und wo. Darum dachte ich, der kennt sich aus auf dem Wasser. Er rauchte ja auch. Ich rauchte nicht, auch später nicht, nur ganz kurz. Und machte auch nie Techtelmechtel. Ich doch nicht. Ich war ganz brav und dachte an den strengen Vater. Der Gärtnerlümmel rauchte, aber vom Wetter hatte er gar keine Ahnung. Im letzten Moment erreichten wir das Ufer.

Päuli: Spätzünderin.

Ich hatte doch nie einen Freund! Bis zu meinem ersten Ehemann hatte ich nie etwas mit Männern. Es interessierte mich einfach nicht.

Furchtbar, schmusen und dergleichen, es liess mich ganz kalt. Das gibt es. Der Vater sagte – Du musst zuerst heiraten. Zuerst musst einen sehr guten Mann finden. Und dann heiraten. Nicht da vorher lange. – Auch den Sex, ich fand das am Anfang doch nichts Schönes. Gar nicht. Obwohl mein erster Mann sehr einfühlsam war, ein guter Mann, wooll. Ich fand den Sex, oder was wir da machten, nicht erhebend. Man muss halt reifen, um es zu können und nicht nur zu turnen. Viele Männer können das nur wie Leibesertüchtigung. Und die Frauen machen es ihnen nach. Es ist ganz falsch zu meinen, es brauche auch beim Sex vor allem Leistung, nicht wahr.

Umsgottswillen, ich sah doch bis zu meinem ersten Ehemann keinen Mann nackt. Nirgends, umsgottswillen. Ich wusste nicht, dass sie so anders sind, ich dachte, da ist kein Unterschied, ich hatte keine Ahnung, was Männer da haben. Ich wusste es ja nicht einmal von mir richtig. Auch beim Vater sah ich nichts, bei dem zuallerletzt. Den Vater gab es nur in Hosen mit Bügelfalten. Oder höchstens im Winter mal in langen Unterschläuchen. Da hatte es zwar vorne eine Art Säcklein und daneben einen Schlitz, das fiel mir auf. Ein Geheimfach, nahm ich an, für Geld oder ein Brieflein, gutes Versteck. Das war die ganze Aufklärung.

Päuli: Hehe.

Der Päuli war der Einzige, den ich nackt gesehen habe. Nackt in Badehosen, wohlgemerkt. Keine Augenweide, er war ja so ein Wüster.

Päuli: Hehe. Chehehe.

An den Männern gab es nichts, was mir aufgefallen wäre. Ich hatte auch gar keine Gelegenheit, junge Männer zu frequentieren, ich musste um sieben zu Hause sein. Nach der Matura später in St. Gallen dann um neun. Aber ich hatte dafür eine Brieffreundin in Berlin, das Isabellchen, ich schrieb sehr gerne Briefe. Ich hatte diese Brieffreundin, ich hatte das Reiten und die Schulaufgaben, mir fehlte doch nichts. Und die Besuche bei den Kranken und im Ärztezimmer. Gedichte aufsagen, Flöte spielen, Chopin für die Ärzte. Ich war immer beschäftigt.

Obwohl, nicht wahr. Ich hätte ja an jeder Hand einen haben können. Dannzumal war ich eine Hübsche. Aber das wusste ich gar nicht. Es ist ein bisschen schade, dass man erst merkt, wie gut man ist und wie hübsch, wenn man nicht mehr so hübsch ist und so gut. Man kann halt nur zurückschauen im Leben.

Päuli: Hehe, Rückspiegel.

Der plagte mich immer. Aber er war ja ein Lieber. Sonst hatte ich keine Bekanntschaften, dannzumal. Zwei wichtige Männer hatte ich aber. Nach dem Vater. Jeeh. Grosse Lieben, die kamen und blieben. Wooll, obwohl sie gingen. Heiraten hätte ich ja ständig können, furchtbar. Ich wollte nur einmal, das langte mir.

Schon wegen meinem Kind, es brauchte keinen falschen

Vater. Das Kind sah doch fremdländisch aus, hatte ein afrikanisches Gesicht. Und glänzende, schneeweisse Zähne wie sein Papa. Ich wollte, dass es sich die Zähne besser pflegt. Bezahlte auch immer den Zahnarzt. Eine schöne Mischung, sehr schön, mein Kind.

Enttäuschung kannte ich nicht. Warum sollte ich enttäuscht sein von den Männern? Ich wollte einfach nicht mehr heiraten, das ist alles. Ich mochte die Männer, warum sollte man sie nicht mögen? Berührungsängste hatte ich nie.

Päuli: Hehe. Keine Führungsängste fff Verführungsängste.

Er da hat ja auch keine Frau.

Päuli: Keine mehr. Schon lange keine.

Er hatte viel Pech im Leben. Der Päuli hatte Pech, ich hatte meistens Glück. Auch im Lotto habe ich immer gewonnen, mal tausend, mal zweitausend, mal siebenhundert. Gut gewonnen habe ich immer.

Dafür ist der Luzi II jetzt ein Männerhund. Den hat er jetzt für sich, das kann man vorher nicht wissen. Seit wir ihn kastriert haben und er nicht mehr so gut im Strumpf ist, kann er nicht mehr aufs Bett. Jetzt schlafen die beiden auf dem Boden, ich habe ihnen schön ein Maträtzchen gerichtet, damit sie gut schlafen.

Päuli: Bestens.

Man muss sich arrangieren im Leben. Und man muss lernen zu sagen, was man will. Zuerst muss man es merken, nicht wahr. Mein Vater wollte immer etwas von mir. Mein guter Papa. Ich machte die Matura, mit super Noten und in den groben Schuhen. Aber dann wollte er, dass ich studiere. Er kam an die Maturafeier und erzählte allen, dass ich an die Uni gehe, Recht, oder Medizin, nachher eigene Praxis. Die ganze Klasse lud er ins Kino ein. Mir war das alles peinlich.

Und ein solches Studium interessierte mich nicht. Ihm lagen die Zahlen, mir nicht. Ich wollte mit den Händen schaffen, und ich wollte vier Kinder, mindestens. Der Vater kam immer mit der Uni. Da lernte er meinen harten Kopf kennen. Die Mutter sagte – Mach, was du willst, Hedy. – Sie liess mich. Die Mutter war eine Offenherzige. Ich ging dann nicht an die Uni.

Er schickte mich weg, nach England, wieder in ein Kloster. Besser als nichts. Besser als an eine Uni. Auch besser als in flachen Schuhen in St. Gallen. Ich kam zu den Anglikanerinnen. Aber die assen immer Borritsch, am Morgen und am Abend gekochten Haferbrei. Dazu Gebete. Dazwischen Kartoffeln. Ich mag Kartoffeln aber nur als Härdöpfelsalat. Und die Mutter konnte doch so gut kochen. Feines Essen hatten wir immer. Und zu Hause beim Vater hatten wir sogar eine Köchin. Im Esszimmer kam neben dem Vater eine Schnur herunter, daran konnte er ziehen, wenn er die Suppe gelöffelt hatte. Dann erschien die Köchin.

Päuli: Österreicherin. Fantastische Köchin. Ä also die Freundin von der Ida. Also die Freundin von der Freundin vom Chauffeur. Beziehungsweise Platzanweiser. Ich sage dir, die hatten etwas zusammen.

Das kann sein, Päuli, es ist aber jetzt nicht von Bedeutung.

Ich meine, vom Beten lernt man doch keine Sprache. Ich musste diesen Borritsch essen, und die Nonnen redeten nicht. Nach einem Jahr schrieb ich das dem Vater und ging wieder heim.

Dann kam ich zu den Strümpfen, Firma Perosa Strümpfe, als Fremdsprachensekretärin. Die fanden, ich mache das tipptopp, sie möchten mich behalten. Aber ich wollte auch das nicht. Ich wollte nicht Sekretärin sein, und ich wollte nicht in

St. Gallen bleiben. Ich wollte weg. Auch beim Vögele in Uznach konnte ich es mir nicht vorstellen. Mit dem Velo fuhr ich dorthin, aber dann nahm es mich zweimal in die Schienen. Ich ging dann nur noch mit dem Zug, der fährt besser in Gleisen als ich. Auch beim Vögele waren sie sehr zufrieden mit mir, und sie bezahlten mich sogar fürstlich. Aber nein. Nein.

Päuli: Aberneinabernein sagte sie.

Damals kannte ich ausser Klöstern, dem Internat, dem Hotel und dem Spital nichts. Den da kannte ich, und den Bauernhof.

Päuli: Hehe.

Ich wollte nicht in St. Gallen bleiben, weil es spiessig war, bünzlig. Eng, die Leute streng, und hinter den Fassaden alls Wüste. Obwohl ich sicher nicht wusste, was spiessig heisst, nicht wahr. Dieses Wort gab es gar nicht. Alles war spiessig, es war ja Krieg gewesen. Krieg macht spiessig, nicht frei. Die Schweiz kam mir aber immer besonders spiessig vor, obwohl sie diese Kriege gar nicht hatte. Vielleicht macht es spiessiger, nur ein bisschen Pech und nur ein bisschen Glück zu haben. Antibünzli gab es auch weit und breit noch keine. Die kamen erst später, Sechzigerjahre. Mehr als mir lieb ist kamen sie, alle sind jetzt kreative Antibünzli, das sind doch die Bünzli von heute. Und dann immer der Radau im Dorf unter meinen Fenstern, von all den wild gewordenen Langweilern. Furchtbar.

Päuli: Ambarzamba die ganze Nacht.

Ich hatte Glück, ich hatte das Isabellchen in Berlin und durfte sie besuchen nach der Matura. Und freute mich also auf eine Reise zu meiner Brieffreundin. Dannzumal war gerade das Berlin Hilton neu aufgegangen, beim Tiergarten. Riesengross und extravagant, wie ein aufgestelltes Schachbrett sah es aus. Alle stiegen da ab, die Callas, Sophia Loren, auch der Armstrong. Da wollten wir doch dabei sein, das Isabellchen und ich. Dieses neue Hotel hatte auch eine Dachterrasse. Einen Wahnsinnsdachgarten. Dort wollten wir hinauf und Berlin sehen. Wir waren Romantikerinnen, furchtbar.

Päuli: Chehehe, der Himmel über Berlin.

Jetzt sei doch nicht so vorlaut. Das Hilton, nicht den Himmel, die Stadt wollten wir sehen. Und mussten darum in der Hotelhalle an der Réception vorbei, um zu fragen, wie man da hinaufkommt. Vielleicht mussten wir gar nicht fragen, aber ich kam halt trotzdem mit dem Isabellchen an dieser Réception vorbei.

Und dort stand einer hinter dem Tresen.

Päuli: Da stand er.

Schwarze Haare, schwarze Augen, gross. Ein schöner Mann. Und mich haben Männer doch nicht interessiert! Ich sah sie gar nicht. Aber diese Augen habe ich bemerkt.

Päuli: Hehe. Hihiii. Ä. Die Glutaugen.

Jetzt sei doch still. Glutaugen waren es überhaupt nicht. Glut brauchte ich also nie extra, dazu brauchte ich keinen. Einfach sehr schöne Augen waren das, tiefe Augen. Das Isabellchen redete mit ihm, er hatte sie ja angesprochen, ob er uns behilflich sein könne. Ich sagte keinen Ton. Er fragte – Ist Ihre Freundin keine Deutsche? – Und sie sagte – Nein, eine Schweizerin. Schüchtern. – Und ich sagte – Aus St. Gallen, Ostschweiz. – Und er sagte, oh, er habe gar nicht gewusst, dass es so hübsche Schweizerinnen gebe. So etwas Blödes sagte er, und ich wurde rot wie ein Tomate.

Ich hatte ja diese blondrötschigen Haare bis zur Taille hinunter. Als Kind hätte ich sie oft lieber anders gehabt. Rote Haare, Hexenhaare, nicht wahr. Rote Haare waren zum Plagen und Spotten und dran Reissen. Und dann war ich doch so klein, ich sah ja kaum über den Tresen. Ich wünschte mir manchmal, unsichtbar zu sein.

Aber die Augen machen, was sie wollen. Ich merkte, dass er mich sah, ich spürte es zuerst an den Haaren, dann spürte ich ihn überall, richtig körperlich. Fast wie eine Berührung war der Blick, und wir kannten uns doch gar nicht. Ich war ja auch nicht unattraktiv. Hatte wirklich schöne Beine und einen guten Busen, wooll. Und natürlich Schuhe mit Absätzchen, in Deutschland.

Plötzlich kam dieser Beau mit in den Lift. Und mit aufs Dach und zeigte uns Berlin. Er zeigte uns alles, den Tiergarten, jedes Haus kannte er, die ganze Stadt. Schön langsam von Anfang bis Ende gingen wir, rundherum, vom einen zum nächsten, dann wieder eine Runde, zwei, drei Mal. Er immer neben mir. Ich sagte kein Wort. Und er erzählte Geschichten und zeigte mir jede Einzelheit. Schön war das. Und ich war hingerissen. Von Berlin. Nicht wahr.

Päuli: Che.

Am Schluss fragte er mich nach der Adresse. Die Schweiz habe ihn schon immer interessiert, ob er mir schreiben dürfe und eine Postkarte erwarten? Dann schrieb er meine Adresse auf und die von Isabellchen, und hatte so schöne Hände! Er gab mir seine Fünfsternvisitenkarte. Und hatte doch so etwas Sympathisches in den Händen. Als könnten sie reden und lauter Sachen sagen, die mir gefielen. Noch nie hatte ich bei einem Mann die Hände so gesehen.

Und nach zwei Tagen kam zum Isabellchen schon ein Brieflein, für mich. Und nach drei Tagen, in der Nacht, stand ich mit diesem Mann wieder auf dem Dach, schwebte da über Berlin und schaute in die Schwärze, furchtbar. Sehr kitschig, in diese tiefschwarzen Augen. Ich trank sie richtig. Und roch doch diesen Mann, diesen besonderen Mannesgeruch! Er war sehr süss, und ich probierte seine Süsse. Zum ersten Mal überhaupt einen Mann, nicht wahr. Männer schmecken süss, hast du das auch bemerkt? Und sah dann wohl ein paar Sterne. Etwa in der Art, nicht wahr. Aber das schreibst dann anders.

Päuli: Fffff.

Neunzehn war ich, beim ersten Kuss. Und beim ersten Glas Champagner, das er mir vorher kredenzte. Äusserst galant war dieser Mann, ein Verführer. Nicht wahr, er küsste mich zum ersten Mal, wo auch Berühmtheiten küssten, die Callas, Sophia Loren und der Louis Armstrong. Das erzählte er mir jedenfalls.

Päuli: Uhh. Jagg. Gut. Ich sage nichts.

Er stammte von der südlichen Mittelmeerküste, aus einer der ersten Familien in seinem Land. Eine bedeutende Hotelierfamilie, sein Onkel war Minister. Ein ganz Frecher war dieser berühmte Onkel. Sein schwarzäugiger Neffe lernte im Berlin Hilton, die Hotelierfamilie hatte überall Beziehungen. Durch die halbe Welt reiste er als Stagiaire. Sechs Jahre älter als ich war er. Und hatte so wunderbare Manieren. Ganz wunderbar. Er erkannte jeden Wunsch, bevor ich ihn selber wusste.

Päuli: Sechseinhalb. Ä also –

Fast gleich wie ich hiess er, El Hadi El Mohamed. Alle nannten ihn Hadi, das ist fast so häufig wie Ali.

Ich war hin und weg, sofort. Eigentlich bis heute. Ein schöner Mann, und ein guter Mann in vielem. Ich hatte Glück.

Die Katastrophen kamen dann trotzdem.

Es gibt mir immer noch Gänsehaut, wenn ich mich an den

Moment erinnere, wo ich ihn das erste Mal sah. Nicht sah, und doch sah, es ist wie eingebrannt. Und jedes Mal hält er mir die Hände, immer noch, wenn wir uns treffen. Turtelt herum – Mmeine liiebö Edy, waruum wiiillst du mich nicht mehr? Koomm, wir machen miteinander wieder einmal etwas. – Zuckersüss, mein Ex, und schön.

Päuli: Uh, gurrgurrruguh. Die beiden. Hedylein und Hadi.

Gefallen auf den ersten Blick. Hat er mir. Eigentlich mehr als das, der Zwanziger ist gefallen. Es gab plötzlich Männer auf der Welt, nicht nur den Vater, der das Falsche von mir wollte, und den Stiefvater, der immer schon wusste, dass nichts aus mir wird. Attraktive Männer kamen in mein Leben. Verehrer, nicht wahr.

Aber wir hatten doch nichts miteinander! Ich hätte wahrscheinlich schon. Ich wäre leicht zu bewegen gewesen. Aber er nicht. In seinem Land haben anständige Leute nichts miteinander. Schon gar nicht vor der Hochzeit.

Päuli: Hehe. Hehe. Teeli trinken und Händli halten.

Ausser Küssen gab es nur Champagner. Für ihn kam Sex nicht infrage. Und für mich doch wahrscheinlich lieber auch nicht, eigentlich. Aus St. Gallen! Und er Maghrebiner.

Furchtbar. Es ist alles lange her seither, vorbei. Ich lebe schon so lange und habe viel Glück gehabt. Und habe auch viel vergessen zum guten Glück. Das muss ich dir sagen, sehr viel ist weg. Manchmal kommt es wieder. Nachts.

Vieles will man nicht mehr wissen, nie mehr. Das Schlimme ist, nicht wahr, dass die Erinnerungen im Leben immer mehr werden und auch ein bisschen schwer. Sie sind eine Last, die man eigentlich nicht mehr tragen will.

Ich fuhr dann zurück nach St. Gallen, Ostschweiz, und er schrieb mir jeden Tag Briefe. All Tag, immer am Morgen kam ein Brieflein mit vielen schönen Zeichen. Er ist nämlich kein Verführer, er ist ein Künstler der Verführung. Die Brieflein waren zum Glück schon ein paar Tage alt, wenn sie kamen, da waren sie nicht mehr so heiss. Meistens verstand ich sie gar nicht. Ich konnte nur die Linien anschauen, so schöne Zeichen schickte er mir. Telefonieren konnte man nicht. Telex gab es schon, aber mit Löchern in Karton schickt man keine Küsse. Furchtbar, seine Zeichen waren so gut wie Küsse.

Einmal kam mit den Küssen ein Ticket für das Flugzeug nach Berlin. Er war ja aus gutem Haus, und so flog ich zum ersten Mal in meinem Leben, zu ihm. Aber ich hatte doch nichts mit ihm! Wir tanzten. Wir tranken Champagner und wir schauten über die Stadt und bebten ein bisschen. Vor Zurückhaltung, was glaubst du, vor Anstrengung, wooll.

Päuli: Händchenhalten. Chehe. Schwitzen auf dem Dachziegelchen.

Wir wollten viele Kinder. Ich wollte das schon immer und er sowieso. Wenn das ein Mann zu mir sagte, er wolle Kinder von mir, dann hiess das – Ich will mit dir schlafen. Ich will immer und ewig mit dir schlafen und ganz und gar und durch und durch mit dir zusammen sein. – Heiraten bedeutete für immer und mit ewigem Sex und hundert Kindern. Furchtbar, jeeh. Das ist doch eigentlich wunderbar. Es war mein Traum. Heute schafft das ja niemand mehr, nicht mal ein bisschen. Vielleicht ist es besser, nicht wahr.

Weisst du, ich habe mehr Positives erlebt als anderes. In meinem ganzen langen Leben. Auch sehr Schlimmes, darüber rede ich nicht, das weisst du. Ich bin immer positiv, was denn sonst? Wie soll man sonst existieren? Ich bin nicht tapfer. Es ist kein Wunder, dass ich positiv bin, es ist eine Entscheidung. Ich kann entscheiden, was ich anschauen will. Ich will das Leben sehen, nicht den Tod. Der glotzt und zwinkert sowieso herüber. Hadis Onkel, dieser charmante Minister, sagte immer – Edy, du bist keine Frau. Tu as la force d'un homme! – Die Männer wissen es immer noch nicht, aber wir sind nicht schwächer als sie. Wir spielen es manchmal. Und sie spielen halt gern die Starken.

Es geht auch umgekehrt.

Päuli: Jagg.

Ich wollte nie das Weibchen spielen. Es gefällt mir nicht. Da diese aufgetakelten Säuslerinnen, dumm, aber schlau. Ich hatte meinen Stolz. Das muss man sich aber leisten können, als Frau, nicht wahr. Das muss man sich verdienen. Ich war gern aufgetakelt, aber ich säuselte nie. Ich war stark, und ich brauchte einen starken Mann. Kann sein – es geht in der Liebe immer um Ebenbürtigkeit. Ich mag Bären. Viele Männer trauen sich nur mit Puppen. Das bedeutet einsam sein.

Mein Papa war ja sehr einverstanden mit meiner Bekanntschaft. Die Hotellerie und der Tourismus wurden florierende Wirtschaftszweige, nach dem Weltkrieg, die Geschäfte liefen super. Die Soldaten wollten ihren Liebsten die Länder zeigen, die sie gesehen hatten, und als Gäste das Leben geniessen. Von überall kamen sie an auf den vielen Flughäfen, die für den Krieg gebaut worden waren.

Hadi war der einzige Mann, den der Vater als Bekanntschaft von mir akzeptierte. Später ja auch als Ehemann. Er sah gut aus, hatte auch eine weisse Haut, er geht nie in die Sonne. Wenn er einen Moment an der Sonne ist, wird er sofort schwarz. Schwarz war schlecht, Afrika, Wildnis, der Süden. In Afrika ist die Sonne schneller Feind als Freund, nicht wahr. Man wollte lieber zum Norden gehören und Geschäfte machen. Nur wer muss, geht dort unten an die Sonne.

Schon beim ersten Treffen war Hadi dem Vater sympathisch. Vielleicht wegen dem ähnlichen Namen. Und weil er Manieren hatte, die berühmten Umgangsformen des Hotels. Umschmeichlungskünstler, nicht wahr. Gäste umwerben konnten beide. Hadi war immer höflich und sehr zurückhaltend, aber mit dem Lächeln und den scharfen Schwarzaugen. Am Schluss machten alle, was er wollte, wie bei meinem Herrn Papa. Ich warnte ihn – Du musst aufpassen vor meinem Vater. Das ist ein ganz Schlimmer. –

Nach einem Jahr kam Hadi dann nach St. Gallen und hielt offiziell um meine Hand an. Um meine Hand, aber ohne mich. Er traf sich mit dem Vater und machte unter vier Augen seinen Antrag. Man kann auch sagen, ein Angebot, nicht wahr. Er legte dar, was er geschäftlich zu bieten habe. Mein Vater war sicher auch zuvorkommend, die beiden Männer verstanden sich, und der Vater war dann richtig entzückt. Das imponierte ihm doch. Er war schon ein alter Mann. Und ich so jung. Er sagte, aus diesem stattlichen Maghrebiner werde etwas. Der passe ihm. – Hedeli, den kannst nehmen. –

Wenn man sich das vorstellt. Mein Kind hätte einen Lachkrampf bekommen, wenn ich so etwas gesagt hätte.

Ich sagte dann auch Ja.

Päuli: Ja. Ja. Jagg.

Wooll, schon verrückt, auch von meinem Vater. Hadi wollte mich doch mitnehmen in sein Land, das wusste er. Vielleicht hatte mich der Vater ja abgeschrieben. Eine Ärztin oder Anwältin gab es nicht aus mir. Aber immerhin eine Gattin in einem noblen maurischen Hotel. Standesgemäss. Ich sah nur Abenteuer und Sex und viele schöne Kinder im

Süden. Welten besser als Gfätterlitante in Vaters Reich in der Ostschweiz.

Die Mutter liess mir immer meinen Kopf. Sie hatte ja selber einen.

Es war weit. Es gab keine Direktflüge, man musste über Paris oder Rom gehen und von dort übers Meer fliegen.

Weit weg war das, wo ich hinging.

5

Wie es war in Wirklichkeit, wusste ich nicht. Er hatte mir Fotos gezeigt und viel geschrieben. Schön geschrieben, seine Kitzel- und Kringelzeichen. Wooll. Eine wunderbare Villa, Heimatland! Zuerst bekommt man aber die stählerne Sonne an den Kopf. Richtig schweres Licht ist das, gefährlich, man kann nichts mehr sehen vor lauter Glühen. Dann ein arabisches Haus, weiss und kühl und alt. Dort wohnten seine Eltern, mit ihm und den neun Schwestern. Er war der Jüngste. Hundert Angestellte. Und immer diese heisse Sonne. Auch das Haus, in das er mich als Braut führte, war weiss. Schneeweiss und ein bisschen leer, und dahinter die brüllende Wüste und rundherum dieses ungeheure, heisse Licht.

Das Haus lag nicht direkt am Meer, das wäre nicht gut. Das Meer kommt viel zu nah, und dann ist es nicht mehr lustig. Das Meer frisst gerne immer weiter in die Erde, reisst und löst und reibt alles ab, schwemmt weg. Aus Respekt hält man dort Abstand, nicht wahr. Auf der einen Seite frisst das Meer das gute Land, auf der andern die Wüste. Und überall immer diese Sonne. Man muss sich schön hüten vor dem Licht und dem Wasser und dem Sand. Ein rechtes Stück vom Wasser entfernt stand unser Haus. Und davor das Hotel mit den Touristen, den Sonnenanbetern. Einheimische wohnen nie zu nah am Meer, wenn sie nicht müssen.

Nicht wahr, es war nicht so, wie ich geträumt hatte. Ich vertrug diese Sonne überhaupt nicht. Es wurde mir schlecht, sie machte mich krank. Ich ging nie raus am Tag, alles war mir zu stark. Nur am Morgen früh ging ich ans Wasser, lief lange den Strand entlang. Zu Fuss, nicht mit einem Pferd, obwohl sie ein Gestüt hatten. Eine Frau ritt nicht. Das Meer hält am Morgen die Sonne schön in Schach.

Aber ein wunderbares Braun bekam ich, kein übertriebenes, wooll. Hell, einen zarten Ton, ich bin ja nicht der südländische Typ. Schon gar nicht die Augen. Viele Berber haben diese stahlblauen Augen. Meine Haare wurden hell, und die Haut und die Augen dunkel. Man verändert sich, nicht wahr. Und muss halt trotzdem sich selber bleiben. Das ist das Schönste und das Schlimmste.

Jeeh, lange, so lange ist das her. Wir waren doch fast noch Kinder.

Wir heirateten auf Arabisch. Zuerst arabisch, dann christlich. Dort unten arabisch. Er wollte natürlich, dass wir moslemisch heiraten. Ich fand das aufregend, und die Schwiegereltern waren glücklich. Man macht das für die Eltern, mehr als für sich selber. Für die Verwandtschaft, für die Gesellschaft heiratet man mit dem ganzen Tamtam. Da unten war es noch nicht so modern, obwohl sie in den Hotels überall Klimaanlagen montierten.

Eines Tages kamen Frauen und bereiteten mich vor. Sie verzierten mir die Nägel und die Finger mit Henna, mit diesen verschlungenen Zeichen. Alles war rot, die ganzen Hände rot und auch die Nägelchen. Meine schönen langen Nägel. Ich glaube, auch die Füsse verzierten sie, machten meinen roten Lack weg und verzierten mich mit ihren eigenen rötlichen Ornamenten. Stundenlang arbeiteten sie, spezielle Frauen, die das können. Das war lustig, wunderbar. Dann kamen auch die Härchen weg, überall müssen die Körperhaare weg, mit Zucker und Zitronensaft, das tut richtig weh. Und gebadet wurde ich, abgerieben mit weichen Schwämmen, im Hamam. Es kitzelte, und ich freute mich doch immer mehr auf meinen Mann, wooll. Am Schluss war ich geschmückt vom Kopf bis zu den Füssen, kiloweise Goldschmuck, Spitzen, Tüll und Schleifen, und die ganze Erregung darunter, furchtbar. Ein duftendes, goldenes Geschenkpäckli ist ein Dreck dagegen. Und die Haare lang und offen bis zu den Füdibaggen, sogar bis über den Po, die Schleierchen über allem. Sicher nicht zum Verdecken, eher im Gegenteil. Eine Riesensache.

Aber ich fühlte mich darunter elend klein.

Päuli: Prinzesschen. Hehe. Drei Tage.

Drei Tage ging diese Hochzeit. Aufregend war das. Sehr schön. Und nicht schön.

Päuli: Auf Arabisch.

In der Nacht sagte Hadi – Komm, wir bringen es hinter uns. – Und dann stach er sich in den Finger. Das Blut verschmierte er auf dem Bett. Um der Mutter eine Freude zu machen, und dem Vater, die Verwandtschaft tigerte doch überall herum. Wir liessen das Tuch einfach liegen, und am Morgen wurde es gefunden und begutachtet von den Frauen. Die waren dann sehr glücklich, jubelten es von der einen zur nächsten. So waren die Bräuche. Furchtbar. Dannzumal. Es war bei uns in Europa ja genau gleich. Die Frauen hatten jungfräulich zu sein. Sonst brachten sie Schande über die Familie. Ich war ja Jungfrau.

Päuli: Hehehe. Che.

Was lachst du, natürlich war ich Jungfrau. Und nicht gegen meinen Willen, es hat mir nichts gefehlt. In der ersten Nacht fasste er mich kaum an. Er stach sich einfach nur in den Finger, sonst nichts. Zärtlichkeit. Die ganze Zeit an diesen Hochzeitstagen war nichts, alles nur für das Theater. Die grosse Gesellschaft spielte zusammen ein Theaterstück, so kam mir das vor. Sicher wollten wir uns nicht auf dieser Bühne das erste Mal lieben. Wir lächelten, bis wir den Krampf hatten in den Backen, und assen und tanzten. Man hält die Liebe sowieso besser hinter einer Fassade geschützt. Es gab anzügliche Sprüche, und wir grinsten dazu. Einfach nur todmüde waren wir, wooll. Irgendwann nahmen wir uns wahrscheinlich in die Arme, in einer ruhigen Ecke, und schliefen. Ganz einfach.

Man kam sich halt überall beobachtet vor. Dannzumal hatte man es nicht gern, beobachtet zu sein. Man war lieber für sich, privat und allein, nicht öffentlich. Man gab doch nicht alles preis! Es gab viel weniger Narzissten, weniger Voyeure und Exhibitionisten. Die Narzissen gedeihen erst jetzt wie Unkraut. Auf dem ganzen Mist, der überall herumliegt.

Erst etwa eine Woche später probierten wir es, als wir endlich für uns waren. Er liess mir sehr viel Zeit. Er hatte ja in Europa studiert, war sehr modern eingestellt, und hatte Talent. Man kann auch anderes tun als da grad einfahren. Die meisten Männer wussten das dannzumal nicht. Erotik ist eine innere Sache, nicht wahr, eine Sprache zwischen meinem und einem anderen Innern. Das hat doch nichts mit Akrobatik und Techniken und Gleitmitteln und Apparaten zu tun. Die sind nur gut fürs Geschäft.

Erotik – das ist Ladung. Anziehung, nicht gleich sein, sondern einander zugewandt. Auslieferung, Dominanz, Feinheit, Kraft. Auf beiden Seiten. Auf allen Seiten. Was noch, Erwartung, Freude, Aufmerksamkeit. Und grosses Vertrauen, und Reife. Fantasie. Und Rhythmusgefühl. Und Mut! Rätsel auch. Mindestens. Und noch mehr, ich habe es vergessen. Spannung und Gelöstsein bis zur Auflösung. Nicht wahr, die Auflösung im Anderen gibt die schönste Zufriedenheit. Das ist doch das Glück. Viele Männer können es nicht. Kommen auch selber zu kurz. Pornografie befriedigt nicht, es ist wie Hamburger essen. Macht auch einsam. Und ist aber gut fürs Geschäft.

Mein Mann war ein sinnlicher Mann, ein zärtlicher und genüsslicher, das war er. Ein wunderbarer erster Mann. Aufmerksam. Er war ein Guter. Das war er am Anfang.

Päuli: Ä – wollen wir jetzt schnell unterbrechen und ein Päuschen einlegen? Gehen wir ein Momentchen ins Café unten an der Strasse?

Hast recht, es ist offen heute, das Siesta. Tea-Room Siesta.

Päuli: Der Luzi sollte frische Luft schnäpperlen. Entschuldige, dass ich mich so einmische.

Der Schwiegervater war doch so glücklich mit mir. – Edy, du bist meine Kleinste, und du bist die Schönste und die Netteste – sagte er immer. Ich hatte ihn sehr gern. Aber er rauchte leider wie ein Schwein und starb dann leider auch an Krebs.

Päuli: Uh, immer diese cheibe Stümpli. Cigarrillos. Hedylein, willst du diese Schuhe? Oder willst deine Stiefeli?

Er hatte riesengrosse Füsse. Einen Meter wie gross?

Päuli: Einsachtundneunzig gross. Hedy, ist dir dieses Jäckchen recht?

Ein Riese, mein Schwiegervater. Danke. Du lieber Päuleli du. Und lange Finger hatte er. Aber er stand auf kleine Frauen. Und ich hatte doch winzige Füsse, und die Zehennägel immer gepflegt. Dunkelrot. Und einmal flüsterte der Schwiegervater mir zu – Edy. Ich liebe deine Füsschen. Sie sind so sehr entzückend. Meine Frau ist gut und nett, aber sie hat so brutal grosse Füsse. – Das sagte dieser grosse Mann mit Schuhgrösse sechsundvierzig. – Ma fille, ich würde am liebsten deine kleinen roten Nägelchen küssen. –

Päuli: Hehe. So, vorwärtsmachen, Hedylein. Da sind deine Schühli.

Ich sagte – Mon père, kein Problem. Das dürfen Sie. Aber nur jeden Zechen einzeln. Zeh um Zeh, nur einen am Tag. Das dürfen Sie. – Jeeh. Da war ich eigentlich noch richtig glücklich.

Päuli: Er war natürlich jemand. Er war der Generaldirektor der Olivenhaine.

Nein, vom Office de ville, Generalmanager.

Päuli: Ffff jemandjemand.

Er hätte mir niemals etwas zuleide getan. Päuli, bring mir die Crème, bitte.

Päuli: Zu Befehl, ich hole ihr die Crème, damit sie mir das Gesicht einsalbt. Das macht sie immer, bevor wir an die Luft gehen. Schön fein säuberlich einsälbelen.

Im Winter muss man das. Jetzt halt still. Du nervst mich.

Päuli: Ich halte still. Ich nerve nicht.

Ja, Luzeli, wir gehen ja.

Päuli: Sola, Madame, ineschlüfe.

Ich komme.

Päuli: Jetzt noch das Raubtier losbinden.

Es war ein grosses Tamtam immer. In den Luxushotels ist immer Tamtam. Und ich da drin, in arabischen Tüchern mit dem ganzen Klimbim, und so jung. Total verhüllt. Das war aber sehr bequem in den kühlen Stoffen. Man schwitzt weniger hinter gutem Stoff.

Am Anfang wollte ich ja alles recht machen und trug immer einen Schleier. Die Schwiegermutter freute das furchtbar, wenn ich im Schleier kam, sie lachte. Aus Anstand und Respekt machte ich das, ich fand es normal, dass ich mich anpasse. Bis mir die Schwiegermutter einmal sagte – Du brauchst doch hier drin keinen Schleier. Wir sind nicht von gestern! –

Und alle sagten mir Edy. Das heisst ja Behüterin. Das H konnte niemand sagen. Ein H laut sagen ist schwierig, es hat keinen Hall. Es ist nur Zeichen, nicht wahr, kein Ton. Ein H ist wie der Wind, es muss eine Verbindung eingehen, um zu tönen. Wooll, Sprache faszinierte mich immer, die Namen der Dinge und was sie bedeuten. Es ist lustig, mit dem H wird die Behüterin zur Kämpferin, Hedy heisst Anführerin. Oder sie riefen mich Amal. So hiess eine Schwägerin, die am schwachen Herz gestorben war, und damit war der Name frei.

Päuli: Ä Hedy ist also mit y geschrieben. Oder. Nicht mit i. Aber das hört man nicht. Chehe, heisst beides Befehlerin.

Ich hatte doch nichts zu befehlen dannzumal. Am Abend musste man sich immer zeigen im Hotel. Mein Mann war der Manager, der musste da sein und die Gäste empfangen und alles im Griff haben. Die Frau musste nur da sein und schön sein und lächeln. Im Hotel eher europäisch gekleidet, es gab viele europäische Gäste. Europäer mögen eher das Europäische, also das, was sie kennen. Nordafrikaner mochten dannzumal auch das Europäische. Das hiess für mich Tamtam, französisches Kostüm, toupierte Frisur, Make-up, Seidenstrümpfe. Hohe Absätze natürlich. Die arabische Art war weniger aufwendig für mich, alles unter Stoffen.

Manchmal wollte er auch Tamtam mit Schleierchen und

Sitzkissen und Bauchtanz. Für die Gäste, um sie ein wenig auf Touren zu bringen.

Ich hatte meine eigenen Räume. Und er seine. Es gab dicke Mauern im ganzen Haus. Das war natürlich praktisch, nicht wahr. Wie praktisch, merkte ich erst später. Hinter den Mauern war es kühl, herrlich. Auch im Innenhof, dort standen ein Brunnen und eine Palme. Wir hatten immer Wasser. Wenn es regnete, kam eine Sturzflut, darum überall die Stufen. Die Häuser sind flach, aber sie haben Stufen und eine Veranda rundherum. Da konnte man im Schatten gut leben. Aber die Hitze! Nur die Steinböden waren kühl. Wir richteten das Haus zusammen ein, natürlich arabisch, mit niedrigen Diwans und Kissen. Im Winter ist es sehr kalt. Ich hatte sogar eine Heizung, das hatte nur ich. Es wird eigenartigerweise immer kälter dort unten, das ganze Land wird kälter. Stürme ständig.

Manchmal kamen diese unheimlichen Rohre. Schwarze Saugrohre ragten vom Himmel herunter und rasten über das Meer, ungeheurer Sturm. Wie riesige, hin und her schwenkende Rüssel kommen diese Rohre aus den Wolken und verwirbeln alles. Es gibt furchtbare Überschwemmungen. Das Meer und der Himmel fressen das Land. Nicht wahr.

Päuli: Oder. A – Dreck. Dreck in der Luft. Schadstoffe. Falsche Erwärmung.

Und Wasserstürze gibt es da unten. Hier im Norden auch immer häufiger. Von einem Moment auf den andern stürzen ungeheure Wassermassen auf die Erde. Ich habe einmal drei Beduininnen gesehen, die es davonriss, in einem Flusssturz. Alles voller Wasser, reissendes, stiebendes Wasser und Wirbel und Wellen, man glaubt das gar nicht. Die Frauen konnten sich nirgends mehr halten, es riss sie fort. Man konnte sie nicht retten, sie sind ertrunken. Wenn man solches Wetter kommen sieht, muss man sich sofort in Sicherheit bringen. Man sieht es doch kommen, man sieht es an der Schwärze. Man muss sich früh genug verkriechen und warten, bis es vorbei ist.

Ausser beim Spazieren am Morgen am Meer war es mir meistens nur langweilig. Ich präsentierte mich als Frau des Managers, ich sagte den Hausangestellten, was zu tun war. Etwas anderes hatte ich nicht zu tun. Irgendwann sagte ich meinem Mann – Es ist mir langweilig. Hadi, ich will etwas arbeiten. Tu sais, travailler! – Und er sagte – Die Frau eines Direktors arbeitet nicht, schon gar nicht ausser Haus. Bald hast du viele Kinder. –

Aber ich wurde und wurde nicht schwanger. Und er wollte nicht, dass ich etwas tue oder eine Ausbildung mache. Nicht wahr, ich gefiel ihm vor allem so – seine Privatschönheit, sein fremdländisches Möbelstück. Er wollte dann auch, dass ich mich in seinem Land einbürgere und die eigene Staatsbürgerschaft abgebe. Aber gottseidank, dieses Türchen liess ich mir offen.

Ich sass also herum. Aufgedonnert, immerhin verbrauchte das ein wenig Zeit. Riesige Gärten gab es rund um das Hotel, aber das Spazieren war so öde. Nobel ja alles, dannzumal, jetzt sind es nur noch rissige Klötze. Am Abend dann wieder umziehen und in den Speisesaal stehen, lächeln. Nachher an die Bar. Parlieren mit den ausländischen Gästen, zum Trinken animieren, von Reisen schwärmen, Reklame machen. Wooll, das konnte ich. Ich konnte es sehr gut, aber besonders gern habe ich das also nicht gemacht.

Natürlich sass ich nie lange allein an der Bar. Und wenn dann ein Gast sich zu mir setzte und auch allein war, weil seine Frau nicht an die Bar wollte und lieber am Meer spazieren ging oder ins Bett, dann stand Hadi sofort unter der Tür. Stand er dort wie eine Salzsäule im Smoking und starrte mich böse an. Er war sehr eifersüchtig. Schickte mich zu den Gästen und war eifersüchtig wie ein Schakal. Er hatte gar keinen Grund.

Es missfiel ihm zum Beispiel, dass ich den Gästen die Hand gab zum Gruss. Aber das muss man doch. Es störte ihn sehr, er fand es nicht hygienisch. Jeeh, mein Ex – ein Körnlipicker. Heute noch. Tüpflischeisser, Korinthenkacker. Aber eine sehr gute Figur immer noch. Schöner Mann, bisschen streng. Mich wollte er auch herumkommandieren, aber das liess ich mir nicht lange gefallen. Ich mache schon lange, was ich will.

Ich hätte doch nie etwas Verbotenes! Ich war ein Bünzli, ich ging nie draus. Ich hätte doch meinen Mann nicht betrogen. Nicht, weil es verboten war. Ich liebte ihn. Noch heute würde ich das nicht tun. Das sage ich ganz im Ernst. Aber heute gehen ja alle draus.

Daheim in der Villa, nur wir allein, das waren wir sehr selten. Ein Privatleben gab es kaum. Man war immer im Hotel und von der Familie umzingelt. In einem Hotel hat man kein eigenes Leben und ein Liebesleben schon gar nicht.

Päuli: Hehehe. Ha.

Ach. Es war mir so sehr langweilig. Langeweile ist schwieriger zu ertragen als Schmerzen.

Päuli: Wuuuh!

Ganze drei Jahre musste ich kämpfen mit meinem Mann, bis ich endlich etwas tun durfte. Himmelsternecheib.

Willst auch einen Kaffee? Päuli will immer eine Latte. Hier machen sie guten Café Latte, nicht diese deutschsprachige

Milchbadewanne. Immer in aller Seelenruhe machen sie das, hast du Zeit? Die Lucy ist ein bisschen langsam, aber eine Liebe. Ich nehme Espresso.

Arabisch lernte ich dann heimlich. Es machte mir Freude, und es ging mir richtig auf die Nerven, dass ich nicht verstand, was um mich herum geredet wurde. Das durfte er aber nicht wissen. Ich fuhr heimlich in die grosse Stadt, wo sie alles haben. Das Heimliche geht ja einfacher mit den Schleiern, nicht wahr. Seine Mutter half mir immer, sie deckte mich, und eine Schwester versteckte mich. Die Frauen hüteten die Geheimnisse. Ich sagte jeweils, ich besuche eine seiner Schwestern in der Stadt. Das tat ich ja auch, aber nachher ging ich schön meiner Wege. Besuchte eine Sprachschule. Arabisch ist eine wunderschöne Sprache und sehr schwierig. Eigentlich ist es die Sprache der Dichter, sie ist aus der Literatur entstanden. Aus Poesie und Gedichten, bis die Religion mit dem Koran kam und alles unter Zwang stellte, nicht wahr. Zum Glück hatte ich mein eigenes Geld, einen schönen Betrag hatte ich vom Vater bekommen. Es war dann hochinteressant, was sie an der Réception über Frauen redeten, nicht wahr. Ich sagte irgendwann – Lölölö mönhöb hirsi. So also! Ich gehe jetzt. – Sind die erschrocken!

Als ich mich gut genug verständigen konnte, machte ich die Reiseleiterschule. Immer heimlich, drei Jahre lang einmal in der Woche. In dieser Gegend lernte man als Frau Mittel und Wege zu finden und sich zu behaupten, oder man war lebendig begraben.

Das Sich-Behaupten war ja schon in mir angelegt, von der Mutter. Die hatte einen Kopf. Ich weiss nicht, ob ich auch eine so Energische bin. Vielleicht. Das Leben hat es einem gegeben. Ich finde es sicher nichts Negatives an einer Frau. Aber als Frau war man es dannzumal nicht, auch im Norden nicht. Die Frauen gehorchten. Und die schlauen hatten ihre Tricks.

Ich hätte mich als Reisehostess in diesem Land doch nie durchsetzen können, wenn ich nicht energisch gewesen wäre. Ich habe das einfach durchgezogen. Der Onkel, der Minister, sagte oft zu mir – Päuli, wie hiess der Onkel? Jetzt fällt mir das tatsächlich nicht mehr ein.

Päuli: Abdelkrim.

Der Abdelkrim sagte jeweils – Edy, tu es belle. Mais tu n'est pas une femme, keine Frau. – Das war ein grosses Kompliment.

Eine Frau hatte ausser Heimlichkeiten nichts zu melden.

Heimatland, jetzt bekommt der dort drüben schon seine Latte.

6

Erst nach drei oder vier Jahren setzte ich mich bei meinem Mann durch. Ich bekam Arbeit von europäischen Firmen, von Kuoni und Tui, konnte Reisebegleitungen durchführen und Touren organisieren. Ich bekam sogar Geld dafür, ging als Hostess mit. Betreute Gäste. Auch auf Recherche ging ich, um alles vorzubereiten und sicherzustellen, dass man den Gästen die Reise zumuten kann. Viele kamen aus Deutschland, von der Uni, Professoren. Natürlich Männer meistens und meistens allein. Die waren ja etwas ängstlich und schätzten eine seriöse Begleitung. In den Bussen sass ich vorne beim Chauffeur, nett hergerichtet, wooll, mit dem Mikrofon, so war das. Lächeln und charmant sein, das gibt Trinkgeld. Und die Gäste sollten sich doch freuen an dem wunderschönen Land. Ich erklärte ihnen die Landschaft, machte immer alles auf Französisch und Englisch und Deutsch. Mit den Einheimischen nur noch Arabisch.

Abends kamen die Männer dann an die Bar nach dem Essen. Ich gab ihnen schön die Hand, auch wenn mein Gatte in der Türe stand. Fragte sie, ob sie sich zu mir setzen wollten, auf einen Drink oder ein Glas Champagner. Das war gratis, klar, jedenfalls das erste Glas, das wurde vom Haus spendiert. Nach ein paar Runden verkaufte ich ihnen meine Exkursionen. An diesen Reisen verdiente ich gut.

Mit der Zeit schien sich Hadi zu gewöhnen. Aber er war eifersüchtig bis zum Umfallen, er beobachtete mich ständig, schoss böse Blicke in der Gegend herum. Seine Mutter unterstützte mich sehr, sie war mächtig in der Familie, und die männlichen Mitglieder mischten sich nicht ein. Mein Geschäft lief also super, ich versorgte immer mehr Gäste im Hotel, alles gepflegte Herren, distinguiert. Manchmal begleitete ich sie auch auf die Ausflüge als Privathostess. Und abends, wenn alle im Speisesaal waren in Smokings und Roben, hatte ich meinen Auftritt in den Schleiern. Das gefiel mir, ich fühlte mich sehr sicher unter den Tüchern. Nacktes zeigte ich sicher nicht. Allerhöchstens einen Ellbogen, mehr war doch nie zu sehen. Um den Bauch vielleicht ein Zentimeterchen, es war ja immer heiss.

Und er immer, stand dort unter der Tür und starrte mich an, als wäre ich ein Steinbock, den er erledigen wollte. Es war ihm überhaupt nicht wohl. Aber er sagte nie etwas, eisiges Schweigen. Nein, eisernes Schweigen, furchtbar. Und es war doch absolut gar nichts! Ausser dass es mir gefiel und mir immer wohler wurde mit dieser Arbeit. Ich liebte dieses Land, ich mochte das Reisen und meine Arbeit als Begleiterin, ich liebte meine Eigenständigkeit. Und die Unabhängigkeit sowieso, die liebte ich am meisten.

Mit den Menschen hatte ich immer gern zu tun. Leider waren nicht alle Gäste anständig. Auch viele Frauen nicht. Vor allem später kamen sie aus dem Norden, Deutsche und Schweizerinnen, die meinten, sie müssten nackt rumlaufen, furchtbar. Sie hätten das Recht auf alles, auf oben ohne. Lagen rum mit diesen winzigen Dreiecken, wo sie die Schnüre extra eng durch die Spalten ziehen. Oder in Badeanzügen, die im Wasser durchsichtig werden. Sehr dumm, nicht wahr. Eine Frau, die ihre Brüste oder Spalten zeigt und so tut, als bedeute das nichts, die sollte man. Die Männer müsste man ja kastrieren! Dafür sind sie doch da, die Brüste und Gräbli und Hügeli, damit bei den Männern etwas passiert. Sowieso in dieser Hitze. Und dort unten ist das männliche Geschlecht hitziger, sie verlieren leichter den Verstand. Man muss auch als Frau Rücksicht nehmen, das müssen die Männer ja auch.

Ich kannte übrigens später viele Männer, die langweilten sich zu Tode mit ihren pornografischen Frauen. Weniger ist oft mehr, nicht wahr.

Jedenfalls, ein solches Land zwischen Wüste und Meer kann schnell gefährlich werden. Wenn man sich nicht auskennt und sich dumm aufführt. Manchmal kamen auch auf meinen Reisen die Stürme. Nicht nur Sturzregen und Wasserhosen, viel häufiger kamen Sandstürme. Rasender, vom Wind aufgepeitschter Sand, messerscharf ist der, wie fliegender Diamant. Ich fuhr meistens allein mit dem Auto in den Süden Richtung Wüste, um meine Routen vorzubereiten. Hatte natürlich etwas zu essen dabei und genügend Wasser. Manchmal musste man auf der Schnellstrasse stundenlang warten, bis die Beduinen in aller Ruhe mit den riesigen Herden weitergezogen waren. Oder bis das Militär kam und endlich eine Düne wegschaufelte von der Autobahn. Dünen können sich plötzlich auftürmen vor einem.

Ein solcher Sturm kommt immer aus heiterem Himmel. Man muss sehr aufpassen und gefasst sein. Sonst ist es aus, und man steckt drin, wird begraben. Manchmal sogar begraben und weggeschoben. Der wild gewordene Sand ist so gefährlich, weil er alles, jede kleinste Öffnung auffüllt. Die Handtasche füllt, alles, was sich füllen kann, wird voll mit Sandkörnern. Das kannst du dir nicht vorstellen. Auch jede ungeschützte Öffnung am Körper füllt sich auf. Sand ist feiner Stein, und das tut weh.

Päuli: Chaa! Chumm säg nüt.

Er hatte immer Angst, später, wenn er mich begleitete. Richtiger Schisshas.

Päuli: Viel schlimmer. Viel schlimmer!

Nicht so laut, Paul, wir sind hier nicht allein. Entschuldigung. In der Regel stören sich die Leute, wenn seine Stimme manchmal laut wird. Weil er sich aufregt.

Auch die Ohren verstopft es dir in so einem Sturm, auch die Nase, der Mund füllt sich auf, die Lungen. Das geht sehr schnell. Ich tat jeweils Pflaster drauf, liess nur winzige Löchlein offen. Das Auto füllt sich, es dauert nicht mal lange. Man ertrinkt im Sand.

Ich hatte immer Glück. Ich wartete einfach jedes Mal mit meinen Pflastern, bis sie kamen und mich am Drahtseil mit dem Lastwagen herauszogen.

Päuli: Ich möchte sagen, immer gut gegangen ist es.

Nachher all die lieben Leute mit dem heissen Pfefferminztee. Furchtbar süss und konzentriert, in den kleinen Gläsern mit dem Blatt darin. Der Pfefferminz wird in der heissen Sonne richtig scharf. Ganz wunderbar schmeckt das. Jeeh, die Menschen lachten und waren richtig glücklich, wenn man überlebte. Sowieso freuten sich die Leute, wenn sie einen sahen. Überall begrüssten sie mich und kochten mir Tee und fütterten mich, auch wenn ich nur schnell aufs WC musste. Die Leute dort schenken dir alles, von alters her. Es gibt überall so viel Wüste und Gefahren. Wo Menschen waren, gab es Sicherheit.

Päuli: Hehe, schön immer Teeli trinken.

Man kannte mich natürlich auch, es gab ja dannzumal kaum Frauen, die so allein unterwegs waren. Schon gar keine weissen mit einheimischem Nummernschild. Das sprach sich doch herum. – Ay! Die Gattin des Hoteldirektors, hamdula, hamdula! Gott sei gepriesen. So ein Glück. –

Dann war es aber vorbei mit der Reiserei. Nach vier Jahren. Endlichendlich und zum guten Glück kam mein wunderbares Kind. So spät, ich war ja schon sechsundzwanzig. Es hatte so lange nicht werden wollen. Jeeh, ich hätte doch so gerne mindestens vier wunderbare Kinder gehabt. Wenn ich verheiratet geblieben wäre. Aber für mein schönes Kind reichte die Zeit.

Ich bekam aber einen Riesenbauch, furchtbar. Der Arzt meinte sogar, es seien Zwillinge drin, dabei war es nur mein einziges Kind. Hadi freute sich sehr, wooll. In diesen Ländern sind alle Menschen wie Mütter, auch die Männer. Die Väter sind zärtlich und fürsorglich mit den Kindern. Nicht wie mein Vater. Die Männer dort sind gut zu den Kleinen. Nicht zu nah und nicht zu kalt.

Zehn Monate stillte ich das Kind, Tag und Nacht gab ich ihm die Muttermilch, wann es sie wollte. Und wurde doch so dick! Furchtbar. Vorher hatte ich achtundvierzig Kilo, nachher siebzig. Und die Brüste wuchsen, sie wurden riesig. Die grossen Brüste sind mir leider geblieben. Zuerst fand ich es gar nicht schön. Später gewöhnt man sich. Wenn andere Freude haben, freut man sich auch, nicht wahr. Jetzt bin ich eigentlich froh. Es ist immerhin noch ein bisschen etwas an ihnen dran.

Natürlich blieb ich mit dem Kind zu Hause. Und hatte ausser Stillen meistens nichts zu tun, Langweile. Es gab jede Menge Personal. Ich verstand mich gut mit den Angestellten, aber das sollte man auch nicht. Hadi gefiel das gar nicht. Wahrscheinlich, weil ich dafür sorgte, dass man die Leute nicht betrog. Es war eher üblich, dass man das Personal zu kurz kommen liess, das vertrug ich überhaupt nicht. In meinem Beisein werden die Leute anständig behandelt. Er zahlte ihnen zum Beispiel das Milchgeld nicht aus. Mütter, die ein Kind bekamen, hatten Anrecht auf Milchgeld. Und er behielt es für sich, das fand ich eine Sauerei. Am Schluss berappte ich es aus der eigenen Tasche und heuschte es von ihm zurück. Mich konnte er nicht gut bescheissen. Ich sagte ziemlich deutlich – Minfadlak, bitte sehr! Gib mir das Geld zurück! –

Päuli: Hehe, musste er blechen.

Ich glaube, dieser Mann wurde leider schon im Geiz geboren. Weisst du, mein sehr strenges Leben sagt mir, dass alle Reichen geizig sind und berechnend. Fast alle. Es gibt leider sehr wenig Ausnahmen. Ich glaube, von Gier und Geiz wird man bereits in der Wiege befallen. Geiz ist eine schleichende Krankheit, der Kranke merkt aber vor lauter Rechnen nichts. Es tut ihm leider nichts weh. Diese Seuche zerfrisst mit der Zeit die Menschlichkeit, sie ist ansteckend wie ein Geschwür. Der Befallene merkt nur, dass er reicher wird. Mein Mann war so geizig. Ich sagte oft zu ihm – Wie ist das möglich? Warum bist du so knickerig? Du hast unendlich viel mehr, als du brauchst, und die meisten hier sind so arm. – Es hat sich dann ja gerächt in seinem Land. Irgendwann rächt es sich.

Und eben, es klappte nicht mit uns. Mit der Zeit sieht man klar. Und dann ist es richtig elend. Weil die schönen Bilder, die man sich vom Leben geklebt hat, zerbröseln, ein Haufen

Mist, nicht wahr. Ich hatte mir doch alles ganz anders vorgestellt. Den guten Rahmen zum Leben bekam ich ja, Luxus bis zum Erbrechen. Jeeh, Hadi hatte aber auch gute Züge. Jetzt sowieso, jetzt sind wir im Reinen, jetzt kommt er immer – Wüü, ma chère Ediii. Mais pourquoi on peut pas essayer encore une fois? – Will es noch mal probieren. Ich sage nur – Bleib du schön bei deiner Frau. – Jetzt kommen wir blendend aus miteinander.

Päuli: Super Frau.

Ich habe keinen Hass auf ihn, und auf die neue schon gar nicht. Es ist komisch, aber Hass spürte ich noch nie. Es war schwierig, es war hart und traurig. Eine verrückte Enttäuschung. Das Schwierigste ist immer die Enttäuschung. Die, die er mir zufügte. Aber auch die, die man sich selber antut. Es ist eine Kränkung, dass man das Leben nicht so schafft, wie man es wüsste und wie man es wollte. Die geht tief, wooll.

Ich hatte ihn doch dreimal erwischt. Ziemlich gleitig erwischte ich ihn, eigentlich sofort. Es war dort unten eher normal, dass die Frauen fröhlich betrogen wurden. Aber nicht mit mir. Aber sicher nicht mit mir! Es gab zwar offiziell keine Mehr-Ehen mehr, aber die Männer gingen draus wie die Scheiche. Die Frauen hockten zu Hause hinter den Mauern im Schatten. Lächelten verführerisch und erfüllten ihre wenigen Pflichten. Warteten hauptsächlich auf den Auserwählten, den Angebeteten, den Einzigen, der ihre Langweile heilen konnte und ihnen Kinder machte. Furchtbar. Waren faul und hingegeben. Das passte mir überhaupt nicht.

Päuli: Teeli trinken. Che.

Mehrmals erwischte ich ihn. Jedes Mal sagte ich – Noch einmal. Und ich gehe. – Aber wieder. Er betrog mich anscheinend ständig, man gab es mir zu verstehen. Ich bin nicht einfach ins Zimmer gerast, ich wartete, bis er herauskam. Er benutzte in der Nebensaison die Suiten und im eigenen Haus seine Räume. Mit Angestellten, Zimmermädchen, eigentlich mit fast allen. Das waren einfache Frauen vom Land, die konnten ja nicht Nein sagen, wenn der Chef sie kommen hiess. So blöd war keine.

Lange Zeit redete ich nicht mehr mit ihm, wir hatten uns nichts mehr zu sagen. Seine Heimlichkeiten machten uns taub und stumm. Bald gab es nichts mehr zwischen uns oder viel zu viel. Das Offizielle blieb natürlich. Wir sahen uns eigentlich nur noch in den Roben im Speisesaal und lächelten. Gäste zufriedenstellen, den Schein wahren. Und das Kind zum Lachen bringen. Das Kind liebten wir doch beide über alles. Irgendwann erwischte ich ihn dann wieder, zum dritten Mal.

Päuli: Jähjah. Sie merkt alles.

Jede Frau merkt das, wenn sie es merken will. Manchmal will man es nicht wissen. Weil man sonst die kaputten Fantasiebilder zusammenschäufeln darf, nicht wahr. Ich finde die Sachen immer sofort heraus. Weil ich sie spüre. Was wichtig ist, spürst du, wenn du ehrlich bist und stark genug. Du weisst es. Ich habe es immer sofort gefühlt, wenn ein Mann drausging. Es ist ja ein Entfernen, es gibt eine Leere, ein Loch, und dort dringt etwas Fremdes ein. Zuerst merkt man – gewisse Zweifel. Und wenn man gewisse Zweifel hat, entfacht das die Aufmerksamkeit. Und dann muss man es wissen. Und dann tut es weh.

Päuli: Das Personal stand natürlich auf ihrer Seite.

Die Angestellten sorgten dafür, dass ich es herausfand. Und dann halfen sie mir. Es war einfach eine riesengrosse Enttäuschung. Heimatland, du willst viele Kinder, willst eine gute dicke Mutter werden, willst eine gute schöne Frau sein, willst alles für ihn sein. Und der betrügt dich. Ich hielt das nicht aus. Und er konnte es mir nicht einmal sagen. Stolz war ich immer. Ich glaube, fast mehr als der Betrug störte mich seine Feigheit.

Päuli: Pffff.

Irgendwann war der Satz da – Ich verlasse dich. – Ich wusste aber überhaupt nicht wohin. Vielleicht nach England, vielleicht zu den Schwestern vom Stella Matutina. Sicher nicht zurück nach St. Gallen, unmöglich. Man kann doch nie zurück, man kann nur weiter. Ich sagte – Ich gehe. Ich lasse mich scheiden. – Und er sagte – Geh nur, meine Liebe. Wohin du willst, chérie. Du bist frei. Aber das Kind, ma petite chère, das Kind bleibt hier. Wenn du gehst, siehst du dein Kind nie mehr. Wenn du mich verlässt, ist dein Kind für dich tot. –

Das war eine Warnung. Nach diesem Satz wusste ich – Hedy, jetzt musst du gut aufpassen in deinem Leben. –

Bei Nacht und Sturm verliess ich das Haus. Mein Kind nahm ich mit.

7

Sie brachten mich in die grosse Stadt. Die Schwiegermutter half mir wieder, auch seine Schwestern waren auf meiner Seite. Zu sagen hatten die Frauen wenig, aber helfen konnten sie viel. Alle halfen mir, auch die Angestellten. Sie schauten, dass ich hatte, was ich brauchte für die weite Reise mit dem Kind. Und ohne Mann. In diesem Land. Mein Kind war dreijährig.

Von der Stadt fuhr ich mit der Louage zur Grenze, das ist ein Taxi, in dem sieben Leute Platz haben, eine Art Lieferwagen. Man wartet bei einer Palme an einem belebten Platz. Wenn genug Leute sind und der Wagen mehr als voll ist, fährt er los.

Es war sehr eng und sehr heiss. Ich weiss noch, neben mir sass ein Mann, ein alter Beduine mit einem dicken Paket auf den Knien. Daran erinnere ich mich seltsam deutlich. Es schüttelte den Wagen auf den löchrigen Strassen, ich hatte das Kind auf dem Schoss, es schlief. Und der alte Hirte hielt sein Bündel, es war eingeschlagen in zweidrei Doppelseiten dieser übergrossen arabischen Zeitungen. Mit einem Bindfaden ein bisschen verschnürt. Irgendwann schlief er auch ein und grochste an meiner Schulter. Mir war schlecht, vor Hitze und vor Elend. Alles rüttelte wie verrückt, es war laut, es war so ekelhaft heiss, und plötzlich kamen Tränen.

Und dann ging im Geschüttel das Bündel auf, langsamlangsam rutschten die Papiere immer mehr auseinander. Zuerst kam eine Zunge hervor. Und dann ein Kopf. Ein ganzer, grosser Kopf von einem Ochsen. Furchtbar, ich weiss es noch. Mit den Augen voller Unschuld, mit diesen Wimpern und den Locken. Mit dem schönen Maul und der langen rauen Zunge. Dieser gemetzgete Kopf lag da so nah neben mir im Fluchtauto und schaute mich die ganze Zeit an. Unendlich traurige Augen, auch die Zunge berührte mich fast. Ich erschrak so, ich erschrak ganz grauenhaft. Furchtbar. Ich schrie sogar. Aber das hörte niemand, wir fuhren, und es schepperte. Ich hasste jede Faser in dieser rüttelnden Kiste, und der elend schauende Blick bohrte sich in mich. Dann brach ein Wassersturz hervor, es weinte, weinte, es tat mir alles nur noch leid. Der arme Ochse konnte ja nichts dafür, dass er so tot neben mir lag. Ich konnte nichts dafür, dass ich in diesem Taxi in seine toten Ohren heulte und tropfte. Alles tat mir leid, das arme Geschöpf tat mir leid, ich tat mir leid. Das Kind tat mir leid, am allermeisten leid. Allealle Kinder taten mir leid. Auch mein Mann tat mir leid. Alle Frauen taten mir leid, sogar der schnarchende Beduine tat mir leid. Die ganze Welt tat mir leid, sehr, sehr leid tat mir alles, sehr leid. Dann hörte ich endlich auf zu weinen.

Irgendwann, nach vielen Stunden, kam ich über die Grenze. Mehr oder weniger heimlich, genau weiss ich es nicht mehr. Ich konnte doch nicht über den Flughafen mit dem mitgenommenen Kind.

In der Hauptstadt suchte ich das Schweizer Konsulat. Und sagte am Schalter – Ich möchte mein Kind und mich in die

Schweiz repatriieren lassen. Ich bin auf der Flucht vor meinem Mann. Ich will ihn verlassen, er betrügt mich, und er will mir das Kind wegnehmen. – Und die Beamten sagten – So, scheiden wollen Sie. Aha. Haben Sie sich das gut überlegt? Wir können Sie gerne in die Schweiz bringen, junge Frau. Aber das Kind nicht. Ihr Mann muss damit einverstanden sein, dass Sie es wegbringen. Sonst sind Sie auch noch eine Kindsräuberin. Sowieso ist Ihr Kind Staatsbürger jenes Landes, aus dem Sie kommen. Wir können keine fremden Bürger nehmen, auch keine Kinder. Haben Sie sich das denn gut überlegt, Madame? Sie werden überall Schwierigkeiten haben. –

Ich stand da mit dem Kind im Arm und wusste nicht mehr weiter. Alles war nur noch leer. Ich ging zum Fenster und sagte – Wenn ihr uns nicht wegbringt, dann springe ich hier hinaus. Mit meinem Kind. –

Weisst du, ich hätte es gemacht. Ich konnte doch nicht gehen und mein Kind dalassen. Und ich konnte nicht mein Kind dalassen und darum nicht gehen. Zurück konnte ich auch nicht. Man kann nie zurück. Ich wäre gesprungen. Es gab in diesem Moment keinen anderen Weg für mich, um wegzukommen.

Aber wieder hatte ich Glück. Die Männer liessen sich erweichen, ich weiss nicht, warum. Wir durften dort schlafen, in einem Zimmer für Gäste. Der ganze Service war eigentlich für Diplomaten, gar nicht übel. Sie gaben uns gutes Essen und dem Kind ein kleines Swissair-Flugzeug.

Nach zwei Tagen schafften sie uns endlich nach Genf. Dort musste ich umsteigen. Man überreichte mir ein Bahnbillett, Schnellzug in die Ostschweiz, St. Gallen, heim.

So Päuli, nimm bitte den Luzi.

Jetzt muss ich, Liebe, ich habe so furchtbar viel zu tun. Bis zum nächsten Mal wird es wieder eine Weile dauern. Ich habe so viel zu regeln, ich muss in den Süden. Die Stürme haben mein Haus kaputt gemacht. Melde dich einfach, wooll, sicher. Bitte. Und erzähl mir vom Werni, kannst doch zum Werni gehen, sagst ihm einen Gruss. Und danke vielmals für den Kaffee. Ich habe einfach so wenig Zeit, ich hoffe, du verstehst das. Und nicht wahr, über alles rede ich nie, wen interessiert das auch. Mach mit den alten Geschichten, was du willst. Es wurde sowieso zu viel geschrieben. Plaudern können wir gern. Sehr gern können wir das.

Nicht wahr, du bist mir nicht böse? Komm einfach wieder.

8

Schönschönschön, dass du kommst, entschuldige meine lange Totenstille. Ich war leider ein Zeitchen im Spital. Reden wir nicht davon, es ist langweilig, frag lieber etwas anderes. Es war gar nichts mit dem Süden, aber bald muss ich endlich hinunter. Nachher gehen wir essen zum Chines. Kannst uns schön hinchauffieren, der Päuli und ich geniessen das jetzt grad.

Entschuldige, komm herein. Und setz dich dort auf die Eckbank, ich habe die Tassen bereitgestellt.

Furchtbar war das, ich musste ja vom Maghreb nach St. Gallen zurück. St. Gallen einfach, hiess es. Immerhin bezahlten sie das Billett. Eine Frau ohne Mann und mit Kind schickte man zum Vater in die Ostschweiz. Damit der für sie aufkam und sie nicht dem Staat auf dem Säckel lag.

Der Vater schickte mich nicht weg, er liebte mich ja. Aber der Stiefvater schon, der wollte uns nicht. Die Mutter sagte nichts. Sie war lieb, wo sie konnte. Sie war einverstanden, dass ich dablieb mit dem Kind, sie freute sich sehr. Sie liebte doch auch mein Kind über alles. Der Stiefvater sagte – Du gehörst nicht hierher. Du gehörst dort hinunter, du gehörst zu denen.

Geh dorthin, wo du hingehörst. – Bei jeder Gelegenheit wiederholte er das. Und keifte – Was? Du hast die Scheidung eingereicht! Du versündigst dich. Geh da hinunter in die Wüste, wo du hingehörst. Du musstest ja deinen Kopf haben. Jetzt nimmst dieses Kind und gehst zu deinem Muselmann. –

Der Vater stand zu mir. Er sagte – Bleib nur hier. –

Aber ich konnte doch nicht beim Vater wohnen. Ein solches Gerede im ersten Haus am Platz in St. Gallen, das ging nicht. Die Tochter heiratet einen Heiden. Und kommt dann wieder mit einem Kind, einem gemischten Kind, und will sich scheiden. Scheiden! Das ging nicht. Alles ging nicht in St. Gallen.

Der Vater schickte mich nicht direkt weg, aber er wollte, dass ich endlich studiere. Dann könne ich mich besser wehren und eine Praxis auftun irgendwo. Er gebe mir das Geld, er finanziere das. Ich könne es später zurückgeben oder abstottern.

Und das Kind werde man zwischenzeitlich versorgen. Es sei sowieso nicht klar, ob ich das Kind behalten könne. Als Alleinstehende, nicht wahr. Ohne Verdienst. Als Frau ohne Mann, wie ich mir das vorstelle? Von was ich leben wolle mit dem Kind? Es könne doch nicht im Hotel bleiben. Der Vater meinte es sicher gut, ich hatte einen guten Papa.

Aber er lebte nicht mehr lange, er war ja schon ein alter Mann. Drei Monate nach meiner Rückkehr starb er.

Das war ein grosser Schlag. Das war ein Schock für mich. Dass mein starker Vater nicht mehr da war. Dass er einfach so schnell von uns wegsterben konnte und fort war. Er starb daheim. Ich war nicht dabei, ich sah ihn nur so dahingeschieden noch einmal. Er glich sich nicht. Zuerst blieb der Sarg ein paar Tage im Schlafzimmer, damit alle kommen konnten und adieu sagen. Dann stellte man ihn vor dem Haus auf. Schön geschmückt, jeeh. Mit Blumen und Brokat, und die Blasmusik stand rundherum und blies. Sie spielte einen Trauermarsch, ich weiss nicht mehr, von wem, nicht den von Chopin. Dann kamen noch die Fahnen, Ehrengarde, letzter Gruss, diese weihevollen Männer. Sie streichelten ganz langsam mit ihren Fahnen über den Sarg. Vom Hotel bis zum Friedhof ging der Trauerumzug. Die Musik spielte sehr bedächtig, die Leute gingen alle zusammen in diesem schweren Schritt, alle in Schwarz. Wahnsinnig viele Leute, eine lange Schlange vom Schlafzimmer bis zum Grab.

Ich nahm mir dann ein Zimmer in St. Gallen und fand eine Arbeit. Als Sekretärin, in der teuersten Kleiderbude der Stadt. Am Anfang ging es, es gefiel mir sogar. Später kamen aber noch andere Sekretärinnen, da war es nicht mehr gut. Sie sagten mir ständig, was ich zu tun hatte, als Gefallene, nicht wahr. Ich wollte die Befehle aber nicht von ihnen, sondern nur vom Chef. Er sagte nichts. Ich sagte – Sonst gehe ich. – Und dann ging ich halt.

Genau weiss ich es sowieso nicht mehr. Ich studiere nicht an diesen Sachen herum, es ist so viele Jahre her. Ich gnage nicht an dem, was weg ist. Endlich vergangen, nicht wahr. Es war schwierig genug, ich musste doch bei unterunter null anfangen. Mit der alten Mutter und dem kleinen Kind. Und sonst allein.

In der Einzimmerwohnung ging es nicht gut mit dem Kind. Also war es meistens bei der Mutter, wenn ich arbeitete. Ganz zu sich nehmen konnte sie es aber nicht, der Stiefvater war dagegen. Und die Mutter war auch schon alt, sie war doch schon vierzig bei meiner Geburt.

Wo ist eigentlich der Päuli? Komm her, Päuleli, und setz

dich zu uns, tu nicht schüchtern. Kannst uns ruhig ein paar Gutzi offerieren.

Ehrlich gesagt, weiss ich nicht mehr, wie ich das alles durchstehen konnte. Man wächst an den Schmerzen, heisst es. Vielleicht, wenn ich nachdenke, wird man in eine sonst verborgene Grösse gestossen. Wenn man Glück hat, nicht wahr. Die, die nicht zerbrechen, wachsen von dort weg, wo es wehtut.

Ich war doch schon so weit in der Welt draussen gewesen, hatte mich behauptet und liess mir von niemandem mehr dreinreden, ich war doch jemand, wohnte schön, traumhaft, wooll. Und dann alles weg und ein solches Leben in St. Gallen. Streng. Gelinde gesagt. Ich wollte auf keinen Fall dort stehen bleiben. Wenn man jung ist, und wenn man ein Kind hat, bekommt man enorme Kraft. Man kann fast alles. Kinder geben vielviel mehr, als sie einen kosten. Wenn man sie liebt.

Als ich von Genf her in St. Gallen eintraf, kam eine Woche später die Vormundschaftsbehörde angetanzt, brieflich. Ich müsse mich auf der Stelle auf dem Amt melden, und man werde abklären, wo mein Kind unterzubringen sei. Ohne Vater. Es sei alles nur zu meinem Besten und zum Vorteil des Kindes. Da sagte ich – Gar nichts wird. Ich bringe das Kind selber unter. Ich habe meine Mutter, und wenn das nicht geht, schaue ich schon. Ich kann selber für uns sorgen. – Aber dann musste ich feststellen, dass ich das Sorgerecht für mein Kind gar nicht hatte.

Päuli: Ha eben! Ä das war Anfang Siebzigerjahre, da gab es für Hedy Amtsvormundschaft. Da waren all die alten Pappeli in der Behörde noch am Rudern.

Nein, ich bekam nur einen Beistand. Und die ruderten doch nicht, Gwaggli, sie waren am Ruder. Einen Beistand bekam jede Frau, die allein oder in der Scheidung lebte oder ein uneheliches Kind hatte. Diesen Beistand hatte ich während einem Jahr. Und dann wurde abgeklärt, ob ich die elterliche Gewalt bekommen könne, das war höchst fraglich. Zum Glück hatte ich mir nach der Heirat ein Törchen offen gelassen mit der Staatszugehörigkeit, sonst wäre fertig gewesen. Als Fremde.

Was die alles von mir wissen wollten! Wie ich lebe und mit wem und von was. Ob ich in der Lage sei, für ein Kind zu sorgen, und wie ich mir das vorstelle. Da sagte ich – Ich esse mit meinem Kind das Frühstück und esse mit ihm am Abend, ich sorge für sein Wohl. Ich bringe es tagsüber bei guten Leuten unter. Und ich habe eine Mutter, die zu ihm schaut. Mischen Sie sich nicht in mein Leben, es ist meine Sache. Ich will nichts von euch. – Ich hätte es schon brauchen können, nicht wahr. Aber ich hatte meinen Stolz.

Eigentlich war der Beistand ja nett, der Herr Füglistaler, er glaubte mir. Aber für das Kind wollten sie mir einen Vormund aufzwingen. Es war ein ständiger Kampf, auch in der Schweiz. Ich musste ihnen richtig wüst kommen, furchtbar. Einem alleinstehenden Vater hätten sie doch auch keine Vormundin an die Seite geklebt. Ich sagte – Ich will die elterliche Gewalt Punkt. Mehr brauche ich nicht. Ich bin die Mutter, und ich bin mündig. – Der Kampf dauerte drei Jahre und hat mich ein Vermögen gekostet. Aber ich habe ihn gewonnen.

Päuli: Jagg. Chehehehe.

Von da an hiess es aber überall, mit dieser Frau sei nicht gut Kirschen essen. Sie schrieben es nämlich in die Akten. Ich sei renitent, ich weigerte mich, den Vormund und die Unterstützung und ihre ganze Hilfe zu akzeptieren. Dabei war das doch mein gutes Recht. Und ich blieb auch immer anständig.

Dann musste ich also zuerst mein Kind einbürgern in St. Gallen, um das Sorgerecht zu bekommen. Was mich das gekostet hat! So viele tausend Stutz, und kurze Zeit später trat dann das neue Kindsrecht in Kraft. Da wäre das gar nicht mehr nötig gewesen. Sagte mir aber schön niemand, und das Geld gaben sie mir auch nicht zurück. Lumpenbande. Gewusst haben die es nämlich. Nimmst einen Kaffee, Päuli, sei so gut, hol die Milch.

Immerhin war ich nicht allein. Die Mutter half mir ja. Und er hat mich immer unterstützt. Und ich ihn, schon von Kind auf. Zuerst plagte er mich immer und dann unterstützte mich dieser Päulipaul da. Aber er konnte ja auch nicht viel retten. Jehnu. Dafür hatte man auch wieder Glück. Sonst wären wir schon lange nicht mehr hier.

Päuli: So. Jetzt sitze ich noch schnell dort drüben aufs Kanapee. Schaue noch schnell in unser Zitigli, La Libertine voilà dasch guet merci beaucoup. Komm, Luzeli.

Er hatte die Kinderlähmung bekommen als Kind. Und eben auch sonst ein bisschen Pech im Leben. Auf dem Totenbett versprach ich seiner Mutter, dass ich immer zu ihm schaue. Man kann sagen, wir liessen uns also nie im Stich. Er hat mich dann gerettet, wooll. Und ich ihn auch, das gibt ein Vertrauen. Ich bin sowieso fast mit ihm aufgewachsen. Und wenn er ein Problem hatte, kam er zu mir. Natürlich auch, als es bei ihm zu Hause kriselte, weil Seine einen traf.

Päuli: Knall auf Fall. In der Marktgasse im Dorf, einen Fischhändler!

Kennen lernte, nicht wahr. Scheiden wollte.

Päuli: Wuuuhh.

Von sieben Kindern weg, scheiden. Eins ist ja früh gestorben. Das kleinste.

Päuli: Schlimme Krankheit.

Das schönste war es. Es ist sofort wieder gegangen nach drei Tagen. Das schönste von allen ist grad wieder gegangen. Ich habe es gesehen. Ein ausserirdisches Kind, nicht wahr. Oft haben solche Kinder ein seltsam fertiges Köpfchen. Ein wunderschönes Gesichtchen hatte es. Als wäre die ganze Geschichte schon zu Ende gezeichnet.

Päuli: Ja. Hfff. Ä. Ä.

Ä ich möchte sagen, harter Schlag. Für die Frau.

Und für mich fff.

Da kommen immer Tränen entschuldigung. Schon gut, Luzeli.

Sie lernte den halt einfach kennen.

Päuli: Ffff Fischverkäufer.

Und liess sich von ihm scheiden. Mit sieben Kindern.

Päuli: Huoo. Sie waren ja nicht mehr klein. Schule. In der Schule. Gute Kinder.

Gemein war das. Und er musste gehen. Weil sich Seine in einen schönen Fischverkäufer verirrte.

Päuli: Ich möchte sagen, der hat ihr halt das Blaue. Oder. Sie war noch jung. Als wir heirateten, erst siebzehn. Zu früh fff so früh. Eine gute Frau. Aber zu früh. Sie blieb doch lange ä bei mir sozusagen.

Aber dann klöpfte es, und sie hatte den Andern. Ein Beau. Aber so ein Grobian.

Päuli: Und nachher stuhlte die Wohngenossenschaft ihnen hinaus. Mussten sie aus dem Häuschen. Auch hart.

Als die Kinder gross waren, ging sie draus. Aber der andere behandelte sie sehr schlecht. Ich musste ihr sagen – Warum lässt du dir das gefallen? Warum läufst du weg vom Päuli für so einen Grobian. Wenn du schon drausgehst, dann sollte es doch besser sein. –

Päuli: Ä dann wollte sie fff eigentlich wieder.

Aber der Päuli wollte nicht mehr.

Päuli: Auseinandergelebt. Jagg. Auseinandergelebt. Ganz ä auseinander, Hedylein.

Da war ich aber gar nicht hier. Dannzumal wohnte ich drunten im Süden, und wir hatten uns ein wenig aus den Augen verloren. Verloren haben wir uns doch nie. Ganz nie, nicht wahr, Päuleli.

Päuli: Gar keinen Kontakt mehr aber. Ä gar keinen.

Das war nicht wie jetzt, es gab noch keine Handys. Wir haben zwar keins, aber wir telefonieren immer jeden Tag miteinander, mindestens, wenn wir nicht zusammen sind. Mit ihm muss man das.

Jeeh, aber wir trafen uns wieder. Ganz rein zufällig. Nicht mehr so taufrisch, der Lack ab. Dafür auch nicht dümmer.

Päuli: Hm! Hm! Das war wirklich ein wenig schwerfällig, möchte ich sagen. Und wenn sie jemand gesehen hätte! Das Hedeli kam plötzlich so aufgemotzt daher, ä aufgedönnerlet. Dame. Oder. Oder. Von wegen Lack ab. Ich hätte sie schier nicht erkannt. Schönes Mäntelein und das ganze Frauenzimmerchen fff auf hohen Schuhen.

Ich kam nur zufällig ins Café. Da unten am Limmatquai in Zürich, wie hiess es? Unten am Fluss, beim Central.

Päuli: Café Aquarium. Hehe, uuh schwemmte es uns wieder zusammen.

Das Café Aquarium am Ende vom Quai. Auf zwei Etagen. Sehr feine Coupes gab es dort dannzumal und nette Leute immer, nicht wie jetzt. Vor kurzem wurde es ja verkauft, ein reicher Investor aus dem Ausland, heisst es, Luxuswohnungen. Ich glaube, es steht jetzt leer. Hockte der Päuli dort. Und kam daher und rief – Bist du wirklich sHedy? Gopferdeckel, wo warst du denn so lange? Wo sind denn deine langen Haare? – Und ich – Ja das ist doch der Päuli! Vom Paul der Sohn. – Er hat mich sofort erkannt.

Päuli: Hehe, rote Hörli.

Purer Zufall, nicht wahr, dass wir uns wieder trafen. Und von da an blieben wir halt zusammen. Sonst würden wir auch nicht mehr leben. Er hat mir das Leben gerettet.

Aber wir sind doch kein Paar! Umsgottswillen! Nur weil wir wieder zusammenkommen und jetzt zusammen sind, müssen wir doch kein Liebespaar sein. Gern haben wir uns wahrscheinlich schon, wooll. Ich überlege das doch nicht. Er macht auch viel Arbeit und Ärger.

Herrjesses, wir haben doch im Bett nichts zusammen. Ausser das Luzeli.

Päuli: In St. Gallen warst du. Che. Bünzliger fff geht nicht.

In St. Gallen war alles spiessig. Aber falsch, als ich dich wieder traf, wohnte ich schon in Zürich. Ich wollte doch nicht in St. Gallen bleiben, furchtbar. Es war mir einfach zu eng dort, zu beobachtet, und der Vater sowieso tot. Vorne herum immer alles picobello, aber darunter Gesundheitstreter, Schreckensschuhe, Frömmelei. Ich ging nach Zürich.

Päuli: Jagg. Fff. Gut.

In der grossen Stadt war man grosszügiger, und es lief auch mehr. Besser für mich. Es gab dort ja den Flughafen. Alles war aufgeschlossener, auch in Bezug auf Alleinstehende. Für Frauen war das besser. St. Gallen war dannzumal umsgottswillen so verklemmt.

Päuli: Chechече. Hehe.

Päuli, du hast das heisse Wasser vergessen.

Päuli: Ou.

Mach vorwärts. Kaffee Gold geht zum Glück schnell.

Päuli: Ich möchte sagen, der Herd ist einwandfrei. Nur ä das Wasser müssen wir im WC holen. Verkalkt fff beim Schüttstein.

Ganz verkalkt. Wie wir.

Päuli: Chehehehe. Das hast aber du gesagt.

Eigentlich mag ich heute einfach gar nicht. Ich habe einen schlechten Tag. Kannst wieder gehen.

Oder wart, besser wir drehen eine Runde mit dem Luzi. Kannst mir den Mantel dort drüben holen. Komm, Luzilein.

Wenn ich später besser mag, gehen wir essen zum Chines.

9

Ich will dir jetzt etwas erzählen. Aber nicht laut, und sicher nicht alles. Das weisst du ja schon. Und schon gar nicht beim Chines, obwohl sie dort nichts verstehen. Nachher musst aber gehen, ich habe leider immer sehr, sehr wenig Zeit. Musst halt wiederkommen. Es ist ja nicht weit. Nicht wahr, du kommst wieder? Ruf mich einfach wieder an, ich werde schon noch irgendwo sein.

Also, es war nicht lustig. Als ich zurückkam. Um das Kind kämpfen, bei unter null anfangen, eine Arbeit finden. Die Mutter beruhigen. Sie machte sich doch Sorgen um mich. Ich ging weg von St. Gallen, sobald ich konnte, ich wollte besser verdienen. In Zürich schaut man eher auf den Verdienst, es war ein Milieu, wo man allgemein gut verdiente. Und weniger auf die anderen schaute.

Ich fand eine anständige Arbeit, einen Job bei der Swissair. Nicht öppe. Nicht wahr. Bodenpersonal, Hostess-Sachen. Dies und das. Ich hatte ja Erfahrung mit Gästen und konnte gut reden mit allen. Auch mal jemanden begleiten. Erstklassiges Ambiente war das, gepflegt. Ich verdiente gut und konnte mir bald in der grossen Stadt eine Wohnung leisten.

Bei der Swissair dannzumal verdiente man nicht nur sehr gut, man bekam als Angestellte auch Gratisflüge. Und mit dem ersten wollte ich sofort in den Süden. Ich musste doch mit meinem untreuen Mann über Unterhaltszahlungen verhandeln. Und darüber, wie wir unser Verhältnis regeln. Ich wollte immer klare Verhältnisse.

Aber vor allem wollte ich für mein Kind einen Vater. Keinen Ersatzvater, nicht wahr, da hätte ich an jedem Finger einen haben können. Aber ich konnte mir nie einen Deutschschweizer vorstellen. Die waren mir zu dünnherzig, zu engstirnig. Ein bisschen langweilig. Wenn man mal in der Welt draussen war. Und ich hatte ja mit meinem mohammedanischen Ex auch viel Gutes gehabt. Sehr. Heute noch hält er mir immer das Händchen, wenn wir uns sehen. Lange war das nicht so. Ich redete ja jahrelang kein Wort mit ihm.

Das Wichtigste war für mich, dass das Kind anständig aufwachsen und seinen Vater haben konnte. Es war ihm doch aus dem Gesicht geschnitten. So ein schönes Kind.

Päuli: Kunststück.

Das Kind gleicht mir nicht, nach einem halben Tag an der Sonne ist es schwarz. Und die arabischen Hände, diese Rillen. Tiefe Furchen in den Händen, viel tiefer als bei den Europäern. Alle afrikanischen Hände haben das, wie Narben in den Handflächen.

Ich wollte die Scheidung, das Sorgerecht und Alimente. Das hatte ich mir in den Kopf gesetzt. Aber dann merkte ich, dass mir der Ex dort unten eine Einreisesperre verhängt hatte. Er kannte ja über die Familie die ganze Bande von der Regierung. Ich konnte nicht mehr ins Land einreisen. Über seinen Onkel liess er ausrichten, er habe dafür gesorgt, dass ich nie mehr einen Fuss in sein Land setzen könne. Und keinen Rappen werde ich von ihm sehen. Aber das Kind! Das werde seinen Vater wiederbekommen. Darauf könne ich Gift nehmen.

Päuli: Uoohhh. Fffff.

So war das. Päuli, pass auf den Luzi auf, nimm die Leine kürzer.

Und dann traf ich ihn doch wieder. So ein Zufall! In Zürich, vor dem Kuoni vorne an der Bahnhofstrasse. Liefen wir uns dort über den Weg. Ich sehe ihn noch von weitem kommen mit dem Aktenköfferchen. Da ging ich auf ihn los und packte ihn an der Krawatte. – Du Sauhund! Was ist das mit deinem Kind? Du betrügst deine Frau mit jedem Hotelflittchen, und dann zahlst auch nichts für dein Kind!? Du reicher, geiziger Lumpenhund! Jetzt schreie ich alles heraus, damit die ganze Stadt es hört, was für ein sauberer Herr du bist! Und getraust dich daherzukommen! Und an der Bahnhofstrasse deine Geschäfte zu machen! Ich schreie, bis die Polizei dich verhaftet! – Einen richtigen Vortrag hielt ich dem. Und er sehr verdutzt und stotterte – Mais non, Edy. Wir können doch über alles vernünftig reden. Wir können alles gütlich regeln. –

Päuli: Laut. Gefährlich fff. Da war ich leider nicht vor Ort.

Gefährlich war das doch nicht, Päuli. Ich kannte den Mann. Leider immer noch nicht ganz. Ich kannte ihn gut, aber er überraschte mich halt immer wieder. Übertölpelte mich, nicht wahr. Nach der ersten Wut ging ich dann mit ihm essen. Und am andern Tag trafen wir uns noch mal. Ich wollte doch Hand bieten. Und am übernächsten wieder. Jeeh, er war immer so galant, so elegant, witzig, originell, sprachgewandt. Lud mich ein, brachte Blümchen mit, machte mir richtig den

Hof. Er hatte so wunderbare Manieren, und er küsste mir jedes Mal die Hände.

Und ich wollte doch den Vater für mein Kind. Zuallerletzt hätte ich gewollt, dass mein Kind ohne seinen Vater aufwachsen muss.

So näherte sich das halt wieder an. Zuerst kam er nur ab und zu, das Kind besuchen. Das Kind liebte ihn doch sehr und hatte ihn vermisst. Es war sein Baba, und es hatte einfach Freude, dass er wieder da war. Und dass wir es lustig hatten zusammen. Und der Baba sprach Arabisch mit ihm, das war doch schön für das Kind. Er sagte immer wieder, er vermisse uns furchtbar. Er habe keine gute Minute mehr. Es tue ihm alles schrecklich leid. – Verzeih mir, ma petite Edylein. –

Päuli: Leid, leid, leider.

Ich glaubte ihm, wooll. Wie man das immer tut, wenn man glauben will. Glauben ist glauben, man setzt sich in einem kleinen Bötchen aufs Meer. Es war wohl auch nicht ganz gelogen, was er sagte. Aber ich wollte mich doch nicht mehr verkleiden, und ich wollte schon gar nicht da als Hotelmöbel in seinem Land herumstehen. Er sagte, er bleibe bei uns und lebe so, wie ich wolle.

Eine Weile wohnte er sogar wieder mit uns.

Päuli: Ffff.

Und dann, eines schönen Abends, kam er nicht mehr zurück. Und brachte auch das Kind nicht mehr.

Ich war wie durchbohrt, wie erschlagen, nicht wahr, wie versteinert und vergraben, das war ich. Und nahm sofort ein Taxi zum Flughafen. Ich wusste es sofort. Kannst du dir das vorstellen. Bei der Kantonspolizei sagten sie nur – Gute Frau, da können wir nichts machen. Der ist schon über alle Berge. Sicher ist Ihr Mann nicht hier in Kloten ins Flugzeug gestiegen, das hätten wir gemerkt. Ohne Pass für das Kind. Nicht unser Ressort. Tut uns leid, wir können nichts für Sie tun. –

Leider begegnet man unter den Polizisten selten einem wie dem Werni. Warst du eigentlich bei ihm? Das musst mir erzählen.

Wooll. Mein Kind war weg. Er hatte mein Kind mitgenommen. Ob ich es glauben wollte oder nicht.

Sehr, sehr lange sah ich es nicht mehr. Nicht wahr.

Nicht wahr.

Das hätte ich ihm nicht zugetraut.

Päuli: Das hätten wir ihm nicht zugetraut.

Ach, sei doch still, Papagei.

Am andern Tag rief er an. Er sei zu Hause, mit dem Kind. In seinem Land. Und ich sähe es nie wieder.

Jeeh, das ist schon so lange her. Ich habe es vergessen.

Päuli: Ä dann hast eine Depesche geschickt.

Nein, der Anwalt. Mein Exmann behauptete über seinen Anwalt, ich hätte zuerst sein Kind entführt. Es gehöre auch dem Vater. Die Frau könne es nicht einfach mitnehmen in ein anderes Land, wo alle gegen ihn seien. Die Frau könne mit dem Kind nicht einfach gehen, wohin sie wolle. Nun bleibe das Kind da, wo das Gesetz auf seiner Seite sei.

Aber zum Glück – jetzt muss ich zurückblenden, damit du drauskommst. Dort ist ein Bänkchen, setzen wir uns doch ein wenig. Man sieht so schön über die Landschaft. Und der Luzi kann ein wenig schnuppern gehen.

Ich wohnte dannzumal also in Zürich, an der Josefstrasse, das ist quer zur Langstrasse. Ich kannte Leute, denen gehörte die Liegenschaft, darum bekam ich eine schöne Dreizimmerwohnung. Ich musste doch das Kind heimnehmen können am Wochenende! Unter der Woche war es in einem guten Kinderheim, sehr nobel. Immer am Mittwochnachmittag und übers Weekend war es bei mir. Wenn es schlechtes Wetter war, konnten wir nicht an den See oder auf die Josefswiese, da blieben wir zu Hause und spielten. Die Josefstrasse war eine sehr seriöse Umgebung.

Päuli: Jagg. Jähjah.

Sehr seriöses Viertel, Kreis fünf, Industriequartier. Später, als ich es mir endlich leisten konnte, zog ich natürlich hinauf in den Kreis sieben. Mein Freund dannzumal wohnte dort oben, Sonnenberg. Ein Rechtsanwalt, hochseriös. Ich behielt aber immer eine eigene Wohnung, wegen dem Kind. Dieser Anwalt hatte nicht so gern Kinder. Er stand zwar sehr auf mich, nicht wahr, und war sonst wirklich spendabel. Aber keine Gofen. Wooll, ich habe doch immer an rechten Orten gewohnt.

Aber der Ex behauptete dann, das sei nicht die richtige Umgebung für das Kind. Jetzt wird es dort unten ja sehr chic, das Arbeiterquartier. Das mögen die Bünzli mit Kohle. Aufwertung, nicht wahr.

Päuli: Ich möchte sagen. Also so gesagt ffff die Arbeiterschaft hat sich gewandelt. Oder. Sie ist verschwunden. Dort unten im Kreis fünf war die italienische Kolonie. Gute Leute, sehr gutes Volk.

Überhaupt nicht verrufen war es dort. Da war weit und breit kein Milieu. Nur gutes Milieu. Sonst hätte ich doch nicht mit dem Kind dort gewohnt. Die Woche durch war es sowieso im Privatkinderheim. Wunderbar versorgt. Ich musste halt die ganze Zeit arbeiten, damit ich meine Rechte bekam, Geld beschaffen, die Wohnung bezahlen, die Prozesse bezahlen, die Anwälte. Dem Amt beweisen, dass ich es allein konnte, sie waren immer auf der Lauer. Ich nahm keine Almosen, nie, von niemandem. Aber vom Kindsvater wollte ich die Alimente. Das war mein Recht, die standen mir zu.

Und am Mittwochnachmittag und Freitagmittag ging ich das Kind immer abholen. Und am Montagmorgen vor der Arbeit brachte ich es zurück. Wir hatten es gut. Das war doch eine anständige Umgebung!

Es war gern bei mir, das glaube ich. Und es ging halt auch gern mit seinem Vater. Das gibt es doch nicht, dass ein Kind seine Eltern nicht mehr will. Eine Zeit lang behielt ich noch den Namen seines Vaters. Aber als die arabischen Länder so verschrien wurden und als die Zuhälter kamen und all die religiösen Fanatiker, da war mir der arabische Name nicht mehr so wichtig. Es gibt ja immer auch andere, die meisten sind anständig zum Glück.

Wooll. Dieser Name erinnert mich an die schlimmste Zeit in meinem Leben. Es ist gut, dass du nie fragst. Ich rede nämlich nicht darüber, ich habe es vergessen. Kannst den Werni fragen, wenn mehr wissen willst. Sagst ihm einen Gruss. Er weiss aber auch nicht alles.

Ich legte also keinen Wert mehr auf einen arabischen Namen und nannte mich wieder anders. Das Kind war aber immer gern dort im Süden, im schönen Land, am Meer. Es war doch auch seine Heimat, das kann man verstehen. Ich konnte ihm nicht erklären, warum ich mit seinem Vater nichts mehr zu tun haben wollte. Wie soll man das einem Kind erklären? Und ein Kind ist dort unten richtig heilig. Nicht wie hier ein Mode-Accessoire. Später sagte es einmal zu mir – Mami, ich friere immer in der Schweiz. – Aber Schatzgottes, es ist doch Sommer. – Du chunsch nöd drus, ich früre im Herzli. Du verstehst das nicht. – Das sagte mein Kind, jeh, ich weiss es noch. Dort unten im Süden sind halt alle wie Mütter. Und ein andermal murmelte es vor sich hin – Ich will immer ganz lange Haare haben. Dann friert man weniger. – Ein schönes und gescheites Kind habe ich. Es gleicht mir ja nicht.

Päuli: Gutes Kind.

Dort im Süden hatten wir wie gesagt sehr gut gelebt. Und in der Schweiz mussten wir halt untendurch. Und als ich meinen Ex zufällig traf, probierten wir es noch einmal. Ich wollte doch den Vater für das Kind. Und er war schon ein guter Mann.

Aber dann – ich hielt es nicht mehr aus, nicht wahr. Ich bin nicht gehorsam, ich habe meinen Kopf. Ich will auch nicht auf den Mund sitzen, dannzumal sowieso nicht. Ich lasse mir nichts gefallen und kenne meine Rechte. Aber ich ging nie draus. Er schon. Ich bin treu, aber folgsam bin ich nicht unbedingt.

Sehr viel bezahlt habe ich, Päuli, hol den Luzi.

Päuli: Jagg. Ich folge.

Der Ex raubte mir also das Kind. Dann wurde mir ein Staranwalt empfohlen, Bombenanwalt, eine Koryphäe. Hervorragender Mann, der hatte den richtigen Pöntsch. Diesem Halunken machte ich jetzt den Prozess. Von meinem Vater hatte ich ein wenig Geld geerbt, es war mir sogar ausbezahlt worden. Und von der Grossmutter auch, das hatte die Mutter verwaltet. Das gab sie mir jetzt, damit ich mein Kind zurückholen konnte. Herrschaft, was mich das gekostet hat! Das gab er mir auch nie zurück. Jetzt könnte man das Geld brauchen.

Päuli: Das wären heute also siebzigtausend Stutz.

Neunzigtausend. Der berühmte Zürcher Anwalt übernahm mein Mandat, und ich schickte ihn gleich hinunter. Er solle schauen, wie die Situation sei. Er solle mir mein Kind wiederbringen.

Hadi war fuchsteufelswild, als ich ihm den Prozess machte. Im eigenen Land. Damit hatte er nicht gerechnet, das kann man verstehen. Scheidungsprozess, Sorgerechtsprozess, Unterhaltsprozess, alles kam ins Rollen. Interessanterweise war seine Familie auf meiner Seite. Die Frauen sowieso, alle sagten – Recht hast du, Edy. Ganz recht. Dass du für dein Kind kämpfst und für deine Rechte. Du bist mutig. Wir helfen dir. – Es war schon etwas unerhört Freches, für eine Frau. Obwohl es eine westlich orientierte Oberschicht gab. Unter den französischen Massanzügen blieb alles beim Alten. Und heute sind da ja nicht einmal mehr Massanzüge. Und für die Frauen immer mehr von diesen Zelten, furchtbar. Gefängnisse.

Päuli: Kchchch. Fffff.

Mut und Geld brauchte es, aber ich hatte auch das Glück, dass man auf meiner Seite war. Ich denke, weil ich zu den Leuten anständig war. Anstand ist wichtig, überall. Er hilft einem weiter. Anstand ist Erziehung, gute Sitten, was noch, Zurückhaltung, Respekt. Ehrlichkeit. Zuverlässigkeit. Undsoweiter. Ich war einfach anständig. So gut ich konnte. All das zusammen war ich sicher nicht immer.

Der Anwalt war gut, sehr effizient. Ein Klient, ein Freund, hatte mich ihm empfohlen und mit ihm bekannt gemacht. Nicht wahr, von der Arbeit bei der Swissair hatte ich ein paar spezielle Bekanntschaften. Nützliche, und ich brauchte doch so viel Geld.

Ich schickte diesen Bombenanwalt sofort hinunter, übers Wochenende. Ins Hilton, das war dannzumal neu dort. Und er ging direkt zum Direktor und lud ihn auf eine Flasche Champagner ein. Guten, nicht wahr, auf meine Rechnung, fast tausend Franken. Eine ganze Magnumflasche ölten die beiden zusammen, sie tranken sie scheint's auf mich. Er erklärte dem Direktor, er müsse den besten Advokaten des ganzen Mittelmeerraums haben. Für einen wichtigen Scheidungs- und Sorgerechtsprozess. Und man empfahl mir den Ammar Ben-Amor. Das war ein kleiner Mann mit einem grossen Thron, der Staranwalt Maître Ammar Ben-Amor. Sehr einflussreich.

Und wunderbar hat das doch nachher giiget! Ganz perfekt! Ich bin die erste Frau, die dort unten einen solchen Prozess gewonnen hat. Vielleicht auch die letzte, das weiss ich nicht mal. Vor dem Tribunal de Première Instance war das, nachher zog es mein Ex noch an den Cours d'Appel, aber das nützte ihm gar nichts. Er hatte nur Kösten.

Und jetzt komme ich doch wieder so gut aus mit ihm. Das hätten wir auch billiger haben können.

Noch bevor der Maître einen Finger rührte, musste ich zehntausend Franken hinblättern. Der freche Cheib. Ein Glück, dass ich das hatte. Als Erstes hob er das Einreiseverbot auf. Und dann musste ich persönlich vor dem Gericht erscheinen.

An einem Sonntag flog ich in den Süden, ein bisschen aufgetakelt. Und der internationale Staranwalt kam mich mit der Limousine persönlich abholen. Mit dem Schausch, seinem Diener. Er küsste mir auch sofort die Hände und war sehr französisch, galant, das kleine Mannli, furchtbar elegant. Man fuhr in sein Büro, und er ging voraus, alles sehr gediegen. Kostbare Fliesen, Teppiche, Messing, was es so hat. Ein riesiger Tisch aus Edelholz, wie für einen Staatsmann. Und der Schausch führt mich hinein, und ich denke – Wohin ist jetzt dieser Anwalt verschwunden? – Das riesige Pult und dahinter ein Thron, auf dem breiten Podest, im halbdunklen Saal. Und dort stand er dann plötzlich, in seinem Kaftan.

Päuli: Hehe. Der grosse Mann.

Er verschwand regelrecht neben seinem Gewaltsthron, er war ja nur wenig grösser als ich. Streckte mir huldvoll die Hand entgegen, winkte mich zu sich. Und gurrte, wie schön ich doch sei. Und wie mutig, vraiment impressionnante. Und dass ich nun ganz beruhigt sein könne, ich sei bei ihm in den besten Händen. Und dann riss er mich an den Haaren. Packte der mich so am Schopf und riss wie verrückt. Ich schrie – He was söll das!? – Auf Französisch natürlich oder auf Arabisch. – Oh, excusez! Excusez-moi, madame! J'étais absolument sûr que vous portez un masque. Que c'était une perruque. – Hatte der gemeint, ich trage eine Perücke. Wooll.

Er liess dann sofort süssen Tee kommen. Wieder und wieder entschuldigte er sich, ich war schon ziemlich müde. Und natürlich auch wütend. Aber er erklärte mir, er habe noch nie solche Haare gesehen. Oder, das ist möglich. Ich hatte sie dannzumal bis zur Taille hinunter, in einem dicken Zopf.

Päuli: Luzi! Platz!

Er war ansonsten ein netter und vornehmer Charakter. Weltgewandt, gescheit. Ein bisschen klein vielleicht, aber sehr intellektuell.

Päuli: Uh.

Guter Mann. Er sagte – Madame, in sieben Monaten haben Sie diesen Prozess gewonnen. – Wenn es gut laufe, müsse ich ihm aber persönlich eine goldene Schweizeruhr bringen. Das mache er zur Bedingung. Eine Omega. Ich sagte – Abgemacht. –

Päuli: Hehehehehe. Heheeee. He.

Natürlich musste ich ihm die dann bringen. Das war ja die Abmachung. Es ging nämlich keine sechs Monate, da hatte ich das Urteil. Ich hatte gewonnen. Wir hatten tatsächlich gewonnen! So ein riesengrosses Glück.

Päuli: Jagg.

Aber ich ging doch nicht grad mit ihm ins Bett! Nicht grad sofort. Obwohl er ja sehr auf mich stand, nicht wahr, mich auch ständig anfasste, er saftete fast, es war auch sehr heiss. Und parlierte so ein schönes Französisch, so distinguiert, er sprach nur im Passé simple. Janei furchtbar.

Es machte mir nicht direkt Vergnügen, das nicht. Aber er stand doch so auf mich. Roch nach Neroli, sehr exotisch, Bitterorangen. Und lag dann plötzlich vor mir auf dem Diwan, duftend wie im Märchen, mit den Bügelfalten unter dem Seidenkaftan und gurrte Französisch und Arabisch. Hast du so etwas mal gehört? Ich verstand ja nicht einmal alles, aber man kann gewissen Wörtern nicht widerstehen. Ich konnte es ihm sowieso nicht abschlagen.

Jeeh, und dann machten wir es doch in seinem Cabinet, in seiner Anwaltspraxis, furchtbar. In diesem Saal. Auf dem Thron und überall, auf dem Pult so gross wie eine Landebahn, auf dem Podest, auf dem Diwan und auch auf dem Boden, sogar ohne Teppich. Der Schausch verschloss das Portal, er passte auf. Und brachte uns später Pfefferminztee.

Es war vor allem aus Dankbarkeit, wooll, und aus Freude. Ich war doch so aufgeregt, und ich wollte mich auch erkenntlich zeigen, für seinen grossen Effort. Er war kein schöner Mann, aber schön sinnlich, ein Frauenkenner. Er hatte auch einen schönen Mund. Und ich war doch keine Kostverächterin.

Päuli: Hehe. Freudenfraueli.

Nachher schrieb er mir ewig Liebesbriefe, jahrelang, ellenlange Gedichte verfasste er. Auf Arabisch und auf Französisch, die schönsten Verse in den allerschönsten Sprachen. Er war nämlich ein Poet. Ein wunderbarer Kopf.

Päuli: Ouououou.

Als ich dann endlich mit meinem Kind und hochoffiziell in die Schweiz abreiste, gab mir der Maître Ben-Amor eine grosse Kiste Orangen mit. Die besten Orangen der Welt, in einer wunderschön verzierten Kiste. Der Schausch brachte sie zum Flughafen, Extrafracht, es waren sogar noch Blüten daran. Und ich musste alles sauteuer verzollen. Die Einflussreichen da unten haben alle diese paradiesischen Gärten mit den köstlichsten Früchten.

Päuli: Zum Beispiel auch Oliven. Und Datteln.

Seine Orangen schmeckten ganz verrückt, ich ass eine auf dem Flughafen, ich habe diesen Geschmack in Erinnerung. Daheim schenkte ich die Orangen dem Kinderheim.

Dankbarkeit und Freude, nicht wahr, das gibt nicht den schlechtesten Sex.

Päuli: Ho. Jetzt musst noch den Vers sagen, den er dir mitgab.

Ich weiss nicht mehr, wie er ging.

Päuli: Ich weiss auch nicht mehr, wie er ging.

Jedenfalls bekam ich doch mein Kind wieder! Der Richter putzte meinen Ex bei der Verhandlung runter – Wer bist du? – Er duzte ihn vor dem ganzen edlen Clan. – Wie kommst du dazu, diese Frau zu betrügen und keine Alimente zu zahlen! Du bringst Schande über unser Land. – Alles natürlich auf Arabisch, der Richter wusste ja nicht, dass ich es verstehe. – Jetzt gehst du ins Cabinet des Maître Ben-Amor und stellst einen ehrenvollen Check aus für diese Frau und das Kind. Sonst werfen wir dich ins Gefängnis.

Und der Minister, der Onkel, verneigte sich wieder einmal

vor mir – Ma belle, tu n'est pas une femme! Tu es incroyable! Einfach unglaublich. –

Ich sehe es noch, wie mein Ex im Cabinet unter dem Thron mit dem Maître steht und mir den Check überreicht. Ich stand nicht mal auf dem Podest, auf Augenhöhe. Er tötete mich mit dem Blick.

Aber dann liess er das Kind frei und gehen, wohin es wollte. Von da an war es bei mir, und es hatte auch seinen Vater. Konnte hin und her, wie es wollte, hatte beide und mehr als ein Zuhause.

Er schenkte ihm zum Abschied einen Esel. Das Kind hatte sich zwar immer ein Pferd gewünscht. Aber ein Pferd war dem Vater zu gefährlich.

So. Jetzt laufen wir gemütlich durch den Wald zurück.

10

Nicht wahr, falls du das wissen willst – mit dem Pferd zu arbeiten fing ich an, weil ich einfach elend viel bezahlen musste. Aus Leder war das, ein Turnpferd. Nur am Nachmittag machte ich das. Ich hatte doch wahnsinnige Ausgaben. Dieses Nachmittagsgeld brauchte ich nicht zum Leben, das Leben an und für sich war kein Problem. Dafür reichten die Einnahmen vom Morgen. Am Morgen ging ich in ein Büro. Und am Nachmittag das andere. Und dazwischen das Kind und die alte Mutter. Sie half mir immer, so gut sie konnte, sie gab mir so viel. Aber sie war doch invalid. So viele Todkranke hatte sie herumgetragen. Und dann noch Blutverdünnung und immer Herzweh.

Päuli: Juujeh.

Ich hatte auch schon immer Herzweh, jetzt ja immer mehr. Ich hatte das auch im übertragenen Sinn. Es ist so schwierig, wenn man für ein Kind fast allein gesorgt hat, es loszulassen. Bis es kommt, ist es schwierig, wenn es da ist, ist es schwierig, und wenn es dann seinen eigenen Weg geht, ist es fast am schwierigsten. Aber das Schwierigste ist manchmal das Schönste. Ich weinte oft die ganze Nacht. Immer Herzweh.

Ich musste einfach mehr Geld einnehmen, viel mehr Geld. Mehr Geld, als ich mit dem Morgen verdienen konnte, auch wenn ich die Arbeit bis in die Nacht ausgedehnt hätte. Darum fing ich das am Nachmittag an. Ich musste doch all die Anwälte bezahlen. Das Kinderheim, die Wohnung. Einen anständigen Lebenswandel. Das war ich dem Kind schuldig, und ich hatte nicht unendlich Zeit. Womit hätte ich sonst so viel verdienen können? Komplizierte Gedanken kamen mir nicht. Das konnte ich mir nicht leisten.

Ich machte es für das Kind. Ich wollte dem Kind, das ich unschuldig geboren hatte, ein gutes Leben bieten, ein würdiges. Und ein anständiges. Das will man als Mutter.

Ich mietete also an der Zähringerstrasse Räume, für Gäste, nicht wahr. Gute Räume, gepflegt, Maisonette. Oben war es privat, unten war geschäftlich. Wunderbar, vier Zimmer, ich sah über die Dächer den Himmel und den Fluss bis zum Bahnhof. Die Zähringerstrasse war noch ganz bieder. Das Kind war aber nie dort, umsgottswillen. Die Mutter zog doch dann zu uns, ich nahm für die Familie eine neue Wohnung. Das Kind war bei der Mutter oder an der Goldküste in der Betreuung.

Päuli: Ich möchte sagen, das Kind ist hochbegabt. Geistig und handwerklich. Sehr anständig.

Ich wollte immer, dass es am Sonntag anständig rumläuft. Die Haare schneidet. Und sich die Zähne putzt. Ich musste doch so viel arbeiten. Die Erziehung war nicht einfach, jeeh. Später war es dann bei Verwandten. Die hatten zwei eigene, da starb eins. Sie fragten – Gib uns doch deins ein bisschen. Dann hast du es einfacher, und es ist nicht allein. Und wir haben wieder zwei. – Sie hatten auch Platz für den Esel, und so ging das Kind gern. Ich gab es gar nicht gern. Aber es war besser so für alle.

Päuli, lass den Luzi nicht zu weit herumjagen, sonst verheddert er sich in der Leine! Wir laufen schon mal voraus.

Weisst du, mein Kind hat ein gutes, ein sehr weiches Herz. Mein schönes afrikanisches Kind. Ich sah es viel zu selten, habe doch immer gearbeitet. Das macht mich jetzt manchmal traurig.

Für die mit dem weichen Herz ist es oft hart. Man lernt die Menschen kennen mit der Zeit, nicht wahr. Ich lernte sie gut kennen. Den Offenherzigen kommen die Harten gern zu nah und stehen ihnen auf die Füsse. Nützen sie aus für ihre Zwecke, die Geizigen und Egoistischen. Man muss aufpassen. Das Gefährliche sieht man nicht an den schönen Mäntelchen. Es gibt die, die nur für sich schauen. Vielleicht noch für die eigenen vier Wände und was dazugehört. Alles rundherum benutzen sie für ihren Vorteil. Leben für ihre Raffgier. Das ist wie eine Sucht, die die Leute verblödet. Ständig muss die Gier nach mehr befriedigt sein. Und sie wollen nichts dafür geben. Keine schönen Leute, aber sonst alles picobello. Ich schaue gut. Blond und blauäugig und herausgeputzt heisst nicht unbedingt alles. Man hört es auch am Lachen, sie quieken, sie japsen. Oder säuseln, vielleicht kichern sie sogar. Aber sie können nicht tönen. Man hört es auch beim Sex. Da ist innen etwas stranguliert.

Und immer finden sie Dumme, die für sie krampfen und die Kohlen aus dem Feuer holen. Viele Frauen sind so. Es gibt aber auch genug Männer, Machtaffen. Von denen habe ich viele Exemplare kennen gelernt, als Gäste.

Für die brauchte ich eben dieses Pferd. Sie brauchten das. Und sie bezahlten mich sehr gut dafür.

Nicht wahr, es gibt Menschen, die erleben nur in den Schmerzen etwas. Können nur so spüren, wie etwas über sie kommt und sie auftut. Das Herzseelchen ist so verkümmert, so verhuscht und verbarrikadiert, dass es nicht mehr zu erreichen ist. Erst in den Schmerzen anderer und in den eigenen können sie etwas Grosses fühlen. Sich selber fühlen. Komplizierte Menschen, aber einfache Gäste. Oft sind die Leute übrigens streng fit und getrimmt, kein Fältchen und kein Fett am falschen Platz. Makel sind ihnen unheimlich.

Aber zum Glück, es gibt ja auch andere. Meine kugelrunde Mutter voller Runzeln und mit dem Gemüsehut. Jeeh, und Mimmi. Meine letzte Liebe. So ein stattlicher Mann. Von ihm erzähle ich dir vielleicht noch später.

Und der Arboner Friedensapostel ja auch. Ein wunderbarer Mensch. Mit seiner grossen Nase und den zu grossen Ohren und dem übergrossen Mund. Mein berühmter Freund Max.

Päuli: Stark. Stark. Jähjah, Maxli Daetwyler. Weisse Fahne, und der Prophetenbart. Der einzige weltliche Friedensapostel, den wir überhaupt hatten.

Er brachte meiner Mutter immer Sachen aus dem Garten und Kräuter. Er zog die.

Päuli: Und seine gute Frau.

Die Frau zog er doch nicht, Ploderi. Er hatte einen wunderbaren Garten in Zumikon am Stadtrand. Blumen überall. Seine Frau musste aber sehr viel schaffen, weil er auf seinen Missionen war. Dazwischen zog er das Gemüse, dann musste er wieder den Frieden verkünden. Das war einfach sein Drang, sein ganzer Ernst. Jede Woche kaufte ihm mein Mütterchen für zwanzig oder dreissig Franken alles ab. Dannzumal sehr viel Geld. Sie gab ihm das Geld, und er gab ihr alles, was er hatte. Die Mutter kannte den Max von Arbon. So ein gescheiter, lieber Mann war das, und ein lustiger. Er wusste enorm viel, und er konnte alles. Der Friedensapostel stammte ja aus Arbon, übrigens aus einer Hotelierfamilie. Aber dann verlor er seine Stelle, man liess ihn nicht mehr im Hotel arbeiten. Einer, der so laut den Frieden verkünde, sei nicht gesellschaftsfähig. Man diagnostizierte ihn als Psychopath und stempelte ihn zum Verrückten. Dann schlossen sie ihn ein.

Seine Frau machte einen mit, furchtbar. Sie schaute doch immer, dass der Karren lief. Zwei Kinder und einen Mann, der nichts verdienen konnte, das ist ein Schicksal. Sie sagte oft, sie wisse nicht mehr, was sie kochen solle, sie habe einfach gar nichts mehr. Meine Mutter half ihr, so gut sie konnte. Diese Frau, die Clara Daetwyler, unterstützte ihren Max die ganzen Jahre und durch alles hindurch. Sie gab ihm immer die Hoffnung, dass es etwas nützt, was er tut. So viele Kriege immer und neue Bedrohungen ständig. Kriege sind ja nur für neue Kriege gut, da bin ich sicher. Aber viel zu viele verdienen ihr Heidengeld damit. Darum konnte Max nie aufhören, den Frieden zu verkünden.

Das war ihm übrigens angeboren, das trug er in sich von Anfang an. Es war seine Bestimmung, davon zu erzählen, dass es den Frieden gibt. Dass er immer da ist und eine Möglichkeit, die wir wählen können. Man vergisst das. Dass wir eigentlich Frieden schliessen könnten, sofort, mit allen. Ich lernte das erst sehr spät. Entzweien tut sich eh alles von allein und auseinandergehen und hinscheiden und wegsterben und abdriften und verlieren tut sich alles sowieso, und für immer, und so schnell. Das vergisst man leider. Man muss sich ein bisschen Mühe geben im Leben, eigentlich in jedem Moment. Der Max erinnerte die Leute daran, er war kein Pfarrer, er war ein weiser Mensch.

Päuli: Ging nach Amerika. Ging nach Russland. Ging nach Zumikon mit seiner Fahne.

Die Russen jagten ihn aber grad wieder ausser Landes.

Päuli: Uh. Und hier verwies man ihn ins Irrenhaus. Ich möchte sagen, er hat doch nie eine Sekte vertreten. Er dachte sich ganz selber das mit dem Frieden zusammen. Der Max war ä radikal neutral und radikal für den Frieden. Also musste er in die Klapsmühle.

Sechs Mal wurde er interniert. Sechs Mal. Auch im Burghölzli, als sogenannter Psychopath. Die saubere Stadt Zürich. Weil er nicht Geld verdienen und nicht ins Militär wollte, sondern den Frieden verkünden. Geschlossene Abteilung. Sie wollten ihn sogar entmündigen und blufften damit herum, die Zürcher. Anwälte und Ärzte, nicht wahr. Aber denen sagte ich alle Schande, wenn sie meine Gäste waren. Und die Mutter schrieb Protestbriefe. Sie sperrten den Daetwyler ein, weil es nicht normal war, für den Frieden zu leben. Gefährliches Subjekt.

Päuli: Jajagg. Nicht normal! Entschuldigung. Der Friedensapostel. Der einzige weit und breit.

Man plagte ihn deswegen ein Leben lang. Meine Mutter besuchte ihn oft. Man liess sie zu ihm – Ich bin Krankenschwester! –, und die Wärter machten ihr auf. Die Mutter hatte diesen Menschen gern. Sie hatte nicht ein Flair für spezielle Menschen, sie hatte ganz einfach Barmherzigkeit. Das hatte sie. Das ist kein Mitleid. Barmherzigkeit kommt vom Herzen und ist eine menschliche Pflicht. Die meisten haben das Wort noch nie gehört.

Ich finde ja nicht, dass ich der Mutter gleiche. Ich gleiche viel mehr dem Vater.

Päuli: Ja halt! Das Hedy hat natürlich pffff deutsch gesagt die ganze Welt gesehen. Sie hat Armut gesehen. Sie hat den Wohlstand gesehen. Sie hat die Schlechten gekannt und die Guten. Sie ä kümmerte sich auch um die mit Aids. Als Erste. Undund. Zum Beispiel. Oder. Oder.

Da muss man sich nichts einbilden. Von der Zeit weiss übrigens der Herr Freudiger einiges, der Werni, es war sein Revier.

Päuli: Fan von dir.

Warum das ein Fan sein soll, wüsste ich nicht. Wooll, jetzt weiss ich es. Ich habe ihm einmal den Kopf gerettet. Er ist ein Guter. Aber ich hatte doch nie etwas mit ihm, umsgottswillen. Das war ein Polizist. Und seine Frau war auch eine Attraktive.

Päuli: Und apropos sowieso, die Zürcher sind wieder einmal sehr ein schwarzes Schaf. Ich möchte sagen, nachher gehen wir dann endlich zum Chines, das Luzeli hat nämlich Durst. Aber heute besser nicht mit dem Bus.

Was redest wieder daher? Wo hat es schwarze Schafe? Man versteht ihn manchmal einfach nicht.

Päuli: Polizei am Bahnhof unten. Wegen dem ZSC, Zürcher Schlittschuh Club. Weil ein Match ist in Zürich. Und immer Randalierung rundherum. Das fff ist so blöd! Der Sport soll klassisch sein und für alle. Nicht nur für die mit dem Abmurzamba schon im Zug, diesem Sauradau.

Rambazamba.

Päuli: Ich weiss also nicht, was da noch alles zum Vorschein kommt in dieser Stadt dort. Immer wieder ein schwarzes Schaf kommt dort hervor. Nehmen wir jetzt zum Beispiel einen Carlos, einen Filippo, eine Stadtregiererin …

Sei nicht so laut, sei so gut. Was redest da eigentlich? Und es sind sowieso nicht alle schwarze Schafe, die so aussehen. Es sind auch viele weisse Schafe untendrunter schwarz, nicht wahr. Hinten und vorn und rechts und links alles schwarz.

Wooll, so gut es ging, habe ich immer korrekt gelebt. Und ohne gutes Herz, wenn du so willst, hätte ich gar nicht leben können. Man lebt ganz schlecht ohne gutes Herz. Man lebt auch schlecht ohne Hirn. Das kann ich sagen, seit dem Schlag. Glück gehabt, es war nur eine Streifung.

Es ist gut, wenn man nachdenken kann und sich erinnert. Es ist nicht gut, wenn die Dinge verblasen, als wären sie nie da gewesen.

Aber Vergessen ist manchmal besser.

Ich hatte auch ein Gewissen, nicht wahr. Das Gewissen kommt aus der Erinnerung. Es ist eine Art Warnung, aus dem Herzen, Erfahrung. Moral ist etwas ganz anderes. Oder was weiss ich, ich überlege das doch nicht. Es interessiert mich auch nicht.

Ohne rechtes Herz kann man jedenfalls nichts Rechtes anfangen. Ich hätte doch nicht so arbeiten können! Nicht mit meinen Gästen. Und auch nicht am Platzspitz unten und am Letten. Ohne Herz hätte ich gar nichts tun können in meinem Leben.

Päuli: Cheche hiii, Schwester Hedylein. Liebes Hedylein.

So, genug geschwatzt und rumgestrolcht. Jetzt fahren wir zum Chines, ich habe einen schönen Hunger. Du kannst uns fahren, kannst auch einmal etwas erzählen. Ich sage dir dann noch etwas, wenn jetzt schon da bist. Beim Essen kann man noch gut reden. Musst aber sicher eine neue Seite anfangen.

Päuli: Juuh.

Und ich schwatze also nicht über alles. Über das meiste rede ich nicht, das weisst du. Wozu sollte man?

Komm, Luzeli. Es gibt frittierte Bananen.

11

Das war doch ganz harmlos für mich. Mit diesen Männern machte ich nie Sex. Nie. Was soll ich mit ihnen Sex haben, wenn ich sonst nichts mit ihnen zu tun haben will. Die konnten das gar nicht. Sie können mit keinem anderen Menschen etwas anfangen. Mit sich selber doch auch nicht, wenn man so will. Ich half ihnen nur. Sie waren dankbar und grosszügig.

Du musst die Haut essen, die ist fein, das Knusprige. Glasierte Ente mag das Luzeli besonders. So ein Verfressener. Er hatte eben früher nicht genug zu essen. Drum kam er ja ins Heim, haben sie ihn dort eingesperrt. Und wir haben ihn geholt.

Päuli: Der isst ä sogar Rhambarmer und Salat, allesalles. Verfressener Bub.

Richtig guten Sex macht man sowieso nicht, der ergibt sich. Der kommt oder nicht. Ich liess sie für eine bestimmte Zeit in meine Wohnung, in meinen Salon, ich empfing sie in meiner Rolle. Das ist alles. Ich half ihnen, wenn du so willst, und sie bezahlten mich dafür. Nicht immer, aber meistens waren es Männer.

Päuli: Gute Haut.

Du glaubst gar nicht, wer da alles kam. Ärzte. Anwälte. Bankiers. Politiker. Es sprach sich herum, Annoncen machte ich nie. Ich half diesen Männern, sich zu beruhigen und zu entspannen. Sie sind nachher für einen Moment zufrieden, das ist doch gut für die Welt. Es gibt Leute, für die ist das schwierig. Sie leben für die Macht und für die Gier, sie können nichts anderes. Das Befriedigen ist dann mühsam und wird immer mühsamer. Weil sie keine Nähe ertragen. Auch nicht zu sich selber. Schon gar nicht zu Frauen, obwohl die meisten ja verheiratet sind. Sie können nicht nah sein.

Dazu braucht es ja Vertrauen. Das lehrt die Mutter, oder sie zerstört es, nicht wahr. Viele Männer verachten Frauen, und viele haben grosse Angst vor ihnen. Oder beides. Wenn dich der erste Mensch in deinem Leben verrät, dann wird das nie mehr gut. Darum müssen sie reich und mächtig sein, wahrscheinlich. Bei mir waren sie weinende Babys. Aber reden wir nicht von diesem Seelenzeug, ich bin kein Psychiater.

Ich kaufte mir im Sexshop an der Langstrasse die Literatur dazu. Und las das einmal sorgfältig durch. Und fand, wooll, doch, das ist simpel. Das macht mich selber nicht an, aber ich kann es. Und dann besorgte ich mir eine Maske, Leder, und das Pferd. Latexzeug und Gummi und Mini und diese Löcher- und Kettensachen, furchtbar. Es war gar nicht schlimm.

Päuli: Uiuiui.

Es ist eine Arbeit. Und man muss sorgfältig sein, man muss das richtige Mass haben. Es braucht Einfühlung und Feingefühl. Und einen Reitsattel, da band ich sie drauf an. Ich habe nie richtig geschlagen, sicher nicht. Das hätte ich nicht gekonnt. Eine Ahnung geben. Ein Gefühl, den Film erzeugen, eine Geschichte spielen. Spannung aufbauen. Es ist ein Spiel. Es passiert viel mehr in der Fantasie.

Aber meistens ging es darum, sie zu demütigen. Diese Männer die Demut lehren. Das machte ich. Lehren, nicht lernen, nicht wahr. Ich band sie fest und liess sie ein bisschen leiden. In meiner Praxis, wenn man so will, im Salon. Zeigte mich, ging wieder weg, berührte sie nie. Die mussten sich da selber. Und natürlich immer ein Präservativ drübertun.

Es gibt aber immer mehr, die sich richtig schlimm quälen wollen, da ist etwas ins krankhaft Extreme gerutscht. Das hat mit diesen Filmen zu tun. Ich bin zum Glück seit langem nicht mehr dabei, es wäre heute nichts mehr für mich. Meine Gäste wollten doch keine harten Schläge oder Qualen, das hätte man ja gesehen! Es waren meistens verheiratete Männer, öffentliche Menschen. Die wollten nur ein bisschen einen Gegendruck spüren. Das Übermächtige. Angst spielen. Etwas nachspielen und etwas erleben.

Ich überlegte mir nie viel dazu. Wenn es vorbei war, dann wollten sie so schnell wie möglich wieder verschwinden. Ich legte ihnen doch immer Sachen zum Duschen und Tüechli bereit, aber fast alle gingen sofort. Ärzte und Anwälte, Politiker, Pressemenschen. Ohne sich zu waschen, nicht wahr.

Mit den Behörden hatte ich keine Probleme. Nie, ich machte das einige Jahre. Ich hatte eine Bescheinigung von der Sittenpolizei. Man muss es ihnen nur erklären, dannzumal musste man alles zuerst einmal gut erklären. Darum kannte ich den Herrn Freudiger, ein guter Beamter. Er sagte – Ich verstehe Sie, Frau Zora. –

Ich wurde sehr gut bezahlt von diesen Männern. Vierhundert oder fünfhundert Franken bekam ich, manchmal auch einen Tausender. So viel verdiente ich mit der Morgenstelle nicht einmal in einer Woche. So viel verdiente man als Frau ganz einfach mit nichts. Ich investierte es natürlich teilweise wieder im Geschäft, liess zum Beispiel einen Käfig machen. Einen schön geheizten, damit sie sich nicht erkälteten. Hübsches, schwarzes Zwingerli liess ich anfertigen, nicht wahr, Päuli. Er kannte ihn.

Päuli: Pffff. Wir wollen sagen ä. Ja.

Lachen darf man doch nicht. Ich musste nie lachen. Das darf man nicht. Aber weisst du, eine ganze Sitzung ist lang und ein bisschen langweilig. Das ging halt manchmal ewig. Sie kamen und wollten sofort in den Zwinger kriechen. Und ich durfte sie nicht rauslassen, trotz Bittibätteln und Flehen, man darf sie nicht befreien. Zwischendurch ging ich dann ins Café Frauentraum. Zog einen Mantel über und ging einen Kaffee trinken, im Sommer einen Coupe essen. Ich hatte doch nie viel Geduld. Da so ewig zu warten, bis sie endlich fertig sind. Ging lieber ein bisschen plaudern, las ein Heftli oder trank einen Tee.

Päuli: Hehehe.

Dem Gast servierte ich natürlich vorher auch etwas. Einen guten Whisky oder einen Campari Orange oder wenigstens ein Käfeli, das gehört sich. Das waren gehobene Leute, sie schätzten es, wenn sich alles mit Anstand und Eleganz abspielte. Man war zurückhaltend und respektvoll gegenseitig, höflich, es hätte mir auch nie einer Du gesagt. Ich hatte keine Probleme mit meinen Gästen, nie. Mit den Gästen nie. Da hatte ich Glück.

Es ist vielleicht eine Verirrung des Menschseins. Als Sadist kommt man nicht auf die Welt. Das wird man, da bin ich mir sicher. Masochismus ist eher eine Veranlagung. Ich habe beides nicht. Aber ich verachte die nicht, die so sein müssen.

Ich nahm nicht jeden, das hatte ich nie nötig, ich wählte meine Gäste aus. Zuerst hörte ich sie mir am Telefon an. Man plaudert ein bisschen, hört durch die Stimme und an der

Sprache schon einiges. Und dann machte ich einen Termin. Sobald sie unten klingelten, schaute ich durch den Spion. Ich hatte in der Tür einen Spion, der vergrössert wunderbar. Wenn sie dann aus dem Lift kamen, konnte ich sie schön im Treppenhaus anschauen. Dann auch noch durch die halb offene Tür, mit der Kette davor. Man sieht es, wenn jemand nicht gut ist, man riecht es auch. Zuerst sehe ich es aber. Es sitzt ganz in den Augen, wie jemand ist. An den Augen, am Geruch und an den Schuhen merkt man alles. Nicht wahr, auch teure Schuhe können schlecht aussehen. An den Händen. Wenn mir einer nicht gefiel, sagte ich – Frau Zora ist leider verhindert – und machte wieder zu.

Niemand wusste das. Umsgottswillen, das wusste doch niemand. Um Gottes willen! Meine Mutter nicht. Mein Kind schon gar nicht. Die gehörten in ein anderes Leben. Ich hatte ja mein Mami daheim am Stadtrand. Auch meine letzte grosse Liebe wusste es nicht, wozu? Bis heute weiss das niemand. Es ist lange her und vorbei. Ich erzähle dir ein bisschen. Aber ich will nichts mehr davon wissen.

Wenn ich seriös in ein seriöses Haus hineingehe in einer seriösen Strasse in einer seriösen Stadt, warum sollte da etwas Unseriöses dran sein? Nur in zwei Stockwerken gab es die speziellen Wohnungen, oben war es nobel, richtig bünzlig. Unten ein kleines bisschen weniger. Man musste korrekt und diskret sein, da legten alle Wert drauf. Ich sowieso.

Päuli, bitte. Nimm die Gabel.

Nur der Päuleli da, der wusste es natürlich.

Päuli: Ä über das Thema schweige ich. Ich möchte sagen, das ist ganz ihre Sache.

Wir sind ja zusammen aufgewachsen. Wir waren immer zusammen.

Päuli: Nicht immer zusammen pfff wohlgemerkt, aber auch nie getrennt.

Der Päuli unterstützte mich immer. Zuerst plagte er mich, nachher unterstützte er mich immer. Er war ja auch bei der Feuerwehr.

Päuli: Leiterndienst. Ehrenamtlich. Ä Leute trug ich also nie hinaus, das machten die andern. Ich war der mit der Spritze. Freiwillige Feuerwehr, Capitolbrand, das grösste Feuer. Da war ich dabei. Entschuldigung, dass ich so dreinrede.

Er hat aber eine Bekannte gerettet im Dorf. Eine Altgediente. Eine Liebe. Wie hiess sie?

Päuli: Das war die Mazzini.

Die Rosalba. Das war doch weitherum ein Begriff. Sie war aus dem Tessin. Eine ganz Einfache und Lustige. Wir gingen oft mit ihr eins blasen im Dorf, unten im Niederdorf, wie heisst es dort?

Päuli: Kontiki?

Nein, doch nicht das Kontiki. Dort beim Gässchen, wo wir manchmal mit dem Hund gehen.

Päuli: Ä beim Jacky?

Nicht der Jacky, der ist jetzt oben am Sonnenberg.

Päuli: Schwänli?

Auch nicht, das ist jetzt sowieso ganz anders. Aber der Jacky, wie heisst die Gasse? Ui, der kochte fettig.

Päuli: Drei Sterne.

Dort hockte die Stadtprominenz, aber doch nicht die Rosalba! Obwohl, sie war eine Institution, auch bei denen von der Stadt. Nicht wahr. Im Tessin hatte sie nur drei Jahre in die Schule gehen dürfen. Dann musste sie auf den Berg hinauf, Geissen hüten. Sie konnte nicht hinunter in die Schule, der Weg war viel zu weit, und sie hatte auch keine Kleider für schön. Das hat sie mir erzählt. Dort hinten in den Tälern waren alle mausarm, halb verhungert sowieso. Aber das waren unabhängige Frauen, stolz und lustig und allseits beliebt. So ein lieber Mensch war die Rosalba, und ihren Kopf hatte sie immer. Sie konnte auch wunderbar singen. Keine Schönheit, aber sehr gut im Geschäft.

Sie kam sehr jung als Prostituierte nach Zürich, viele Tessinerinnen kamen. Mit dem Segen der Mütter und guten Ratschlägen. Sie erzählte mir, dass schon ihre Mutter sich das Geld so verdiente. Wovon hätten sie sonst anständig leben sollen, so mausarm und ohne feste Bleibe und ohne festen Mann. Alle Tessinerinnen waren übrigens immer korrekt, die hatten nie Schulden. Auch nie Probleme mit den Behörden, sie bezahlten ihre Steuern. Aber pünktlich! Ich half ihnen immer mit dem Schreibkram und den Formularen.

Gewohnt hat sie in einem fürchterlichen Haus von der Stadt. Eine Bruchbude, im Dorf, mit einer Bar untendrin. Das war also gar nichts Feines, diese Liegenschaft der Stadt Zürich, dannzumal. Und sie so eine Gewissenhafte. Und dann – wie entdeckten wir, dass die Rosalba brennt, Päuli? Wie merkten wir das?

Päuli: Das war doch beim Fuess, über der Bar im ersten Stock. Beim Barfüsser.

Ich hörte sie schreien, ich war zufällig in der Nähe. Und meinte, es sei etwas mit einem Gast, rannte sofort zu ihrem Haus. Aber der Rauch quoll doch schon aus den Fenstern, ich getraute mich nicht zu läuten. Die Bar unten war voller Flammen. Wenn man klingelt, kann alles in die Luft fliegen.

Päuli: Jagg. Jawoll!

Sie stand am Fenster und schrie zettermordio. Und wollte sogar runterspringen. Und ich schrie – Nicht springen, Rosalbeli! Es kommt Hilfe, sie kommen! Einfach noch ein wenig warten! Wart, ich komme. – Gommsch du, Edeli, gommsch du bitte, bitte!!! – Und ich – Roseli, du darfst nicht mehr rauchen! – Dann sind wir rauf, durch den Rauch, er drückte ihre Türe ein. Sie stand schon dahinter im Morgenrock und mit den Pantoletten mit diesen rosa Pompons. Und der Boden war so heiss, dass ihr die Pantöffeli schmolzen. Ich sagte – Sofort ausziehen! Rosalba, deine Finken schmelzen! –

Päuli: Oi ooiii! Ich einfach die Türe aufgedrückt. Ä das hätte ich nicht dürfen. Die Stadt reklamierte, oder die Versicherung. Ich sagte – Entschuldigung, ich kann doch diese Frau nicht verbrennen lassen. Also Entschuldigung. –

Wir blieben bei ihr, bis sie kamen, und beruhigten sie. Es brannte ja nur unten in der Bar. Sie war eine, die einfach dazugehörte im Dorf. Wenn es etwas zu schreiben gab, half ich ihr. Sie sagte immer – Willi nit Tschulte ha, keine Schulden bei mir. – Zum Glück hatte ich sie schreien gehört. Wir schellten sofort die von der Bar heraus, die wohnten in der Nähe. – Fürio, macht endlich etwas! Sonst verbrennt die Rosalba! –

Und dann gingen wir sie retten, der Päuli und ich. Bis wir die draussen hatten! Und in den Lift darfst doch nicht bei Feuer.

Päuli: Das Haus da ä da war gar nichts vorschriftsgemäss! Hatte auch keinen Feuerlöscher. Ich habe dann unseren geholt, zwanzig Liter. Und ich möchte sagen, das war also keine Leichtigkeit. Neunzig Kilo, die Rosalba.

Eine Tessinerin. Die konnten alle kochen, wunderbar.

Päuli: Heidu pffff.

Sie lud mich oft zum Essen ein, aber ich bin nie gegangen. Es war nicht so, wie ich es gern habe, ich meine, die Teller. Aber die Rosalba hatte ich gern. Ein sehr anständiger Mensch.

Und sie schaffte besser als viele mit Joghurtfiguren. Es gibt immer Männer, die dicke Frauen schön finden. Manchmal sagten sie auf der Strasse zu mir – Du magerer Vogel. Eher die dort drüben, die Stattliche, die ist etwas für mich. – Die Rosalba war auch sozial eingestellt. Wenn einer nicht mehr Geld hatte, liess sie ihn auch für zwanzig. Für die Einfachen, für die Tessiner und für die italienischen Fremdarbeiter machte sie sowieso Spezialpreis. Wer hat ihr dann zweitausend Franken gegeben, Päuli?

Päuli: Ä war das der Angelo? Oder der René von der Druckerei?

Einfach Nachbarn, keine Gäste. Alle hielten zusammen im Dorf nach diesem Brand. Der René fragte mich – Hedy, soll ich es ihr direkt geben? Ich gebe es lieber dir. – Sagte ich – Ich bringe es ihr. Sie kommt sich dann bei dir bedanken. – Es war ihr doch alles verbrannt.

Päuli: Und dann sind wir zum St. Annahof, Bahnhofstrasse, haben eingekauft. Ich hatte da Prozente. Konnte ich ihr diese Prozente überlassen.

Lange stand sie nur herum und musste immer brieggen. Wimmerte ständig – Il fuoco m'a preso tutto, alles im Feuer, alles verloren. – Ich sagte – Rosalbeli, jetzt musst du tapfer sein. Ich helfe dir. Wir schreiben auf, was verbrannt ist, Kleider, Schuhe, Pantöffeli, Nachthemden. – Sie trug doch immer diese Nachthemden mit Mäschchen. Und hatte natürlich keine Versicherung. Da ging ich mit ihr aufs Amt bei der Stadt, damit sie die Sachen wiederbekam. Es ist besser, übers Sozialamt zu gehen, die können sich wehren bei den Versicherungen. Das kann eine einfache Tessinerin nicht.

Päuli: Pfff. Jagg, und die Emilie.

Die Stadträtin, die kannte ich gut. Sie sagte mir immer –

Nur melden, Hedy. Einfach direkt zu mir und melden. – Ich ging also direkt in ihr Büro im Stadthaus, und sie sagte – Sälbvärständlich! Die Rosalba ist uns ein Begriff. Und der Barfüsser auch. Da muss etwas gehen. –

Sie starb dann bald, die gute Rosalba.

Päuli: Im Altersheim.

In Schwamendingen. Wir begleiteten sie, als sie gehen musste, und ich schaute auch, dass ihr Zimmer richtig geputzt wurde. Ich gehe nie ins Altersheim, ich sterbe vorher.

Nicht wahr, das Dorf hat sich sehr verändert. Die Leute sind halt einfach weniger anständig. Und es sind immer mehr Leute, man kennt sich gar nicht mehr. Wenn man sich nicht kennt, ist man weniger anständig. Und immer mehr von all diesen Vorschriften.

Plötzlich gab es doch wegen allem und jedem Bussen, furchtbar. Kannst dir vorstellen, das bekämpfte ich aber. Ich veranstaltete Petitionen, ich kannte unsere Bürgerrechte. Man muss sich einfach wehren. Und ich setzte mich auch für die Kolleginnen ein. Die kamen doch nicht draus, das waren fast immer Frauen ohne Schule und ohne gelernten Beruf. Noch weit und breit keine Anlaufstellen, man war auf sich allein gestellt. Und es gab doch überall mehr als genug Möglichkeiten, ausgenommen zu werden.

Erinnerst dich an die blutjunge Prostituierte, die ihr Kind aus dem Fenster warf? Das Schrecklichste, was man sich vorstellen kann. Das war in allen Zeitungen. Eine solche Verzweiflung darf es doch nicht geben in einer zivilisierten Stadt! Dass eine Frau ihr Neugeborenes aus dem Fenster wirft, weil sie nicht mehr weiterweiss.

Päuli: Ä drogensüchtig. Sie war an der Nadel.

Sie hatte kein soziales Empfinden mehr. Alles von Sorgen

und Drogen gefressen. Jetzt ist es ja ein wenig besser, es wird hier mehr geschaut. Da hat die Emilie viel dafür getan.

Das war eine Gute, die Emilie Lieberherr. Stadträtin, und sie hatte sowieso ein offenes Ohr für Frauen. Sie sagte mir immer – Hedy, du kommst sauber durchs Leben. Du setzt dich durch. Das gefällt mir. –

Kennen gelernt hatte ich die Frau Politikerin am Platzspitz. Einer der traurigsten Flecken, die es je gab auf dieser Welt, ein Schandfleck. Er liegt dort unten, stadtabwärts, wo die beiden Flüsse ineinandergehen, die erdige Sihl und die blaue Limmat, und zusammen die Stadt verlassen. In diesem Spitz im Park hinter dem ganzen Prunk des Landesmuseums lag die Hölle. Gegenüber an der Sihl ist das Sihlquai, das war der Drogenstrich, jetzt noch ein bekannter Ort. Auch das Jugendhaus war dort, beim Carparkplatz, es wurde dann mit Wasserwerfern leergespritzt und abgerissen. Und auf der anderen Seite der Letten an der Limmat, der war ja weltberühmt.

Ich war dort, weil ich es einfach sah und weil man etwas machen musste. Helfen, nicht wahr. Und plötzlich eines Nachmittags stand dann auch die Frau Stadträtin da, die Emilie, ein bisschen steif und unsicher am Rand. Das Zimperliche war sonst ja gar nicht ihre Art. Sie war auch viel zu adrett angezogen, mit dem Blüsli und der Kette und dem geföhnten Frisürli. Da ging ich zu ihr und sagte – Frau Lieberherr, schön, dass Sie kommen. Aber Sie müssen hier für etwas Gröberes gerüstet sein. Sie brauchen Hosen. Und am besten Gummistiefel. –

Man kann sich das gar nicht vorstellen. So viel Elend, Dreck, Morast, Abfall, sogar Kothaufen, alles Wüste, Feuerstellen, Asche. Mitten in der properen Stadt. Es war auch sehr kalt. Und in dem ganzen Sumpf sassen und lagen kranke Menschen. Einfach unvorstellbar. Darum herum, mit sicherem Abstand, ein bisschen Empörung, auch einige geile Biederlinge und Voyeure, aber vor allem Gleichgültigkeit. Hinter dem Landesmuseum watete man durch die Hölle, die Leute assen und schliefen darin. Manchmal sah man, wie sich zwei Gestalten in der Kälte liebten. Und waren doch alle angesteckt. Aids, unheilbar und tödlich, dannzumal.

Lange Zeit kniff die Stadt nur die Augen zu und schaute zum sauberen See und in die Berge. Putzte das Opernhaus und die Stiefmütterchenrabatten und die Rasenparzellen. Betreten verboten, nicht wahr. Ich fuhr dann mit den ärmsten Tröpfen einmal am Tag zum Ernstli. Wooll, im Alfa Romeo. Der Pfarrer Sieber hatte immer ein Essen, eine warme Decke und einen Schlafplatz für diese Leute, für jeden. Auch wenn er gar nichts mehr hatte, er zauberte etwas hervor. Und jedem gab er einen Händedruck, ein Schulterklopfen und ein paar freundliche Worte. – So du, schau. Da hast etwas zum Schlafen. Und morgen machen wir, dass du ein bisschen Maniküre bekommst und ein bisschen gesund wirst. –

Jeeh. Es gab solche, denen schauten Würmer aus den Armbeugen. Buchstäblich. So vernachlässigt und krank und entzündet war der Körper. Das kann man doch nicht einfach lassen. Sie wollten aber nie ins Spital, weil sie Angst hatten, sie würden eingelocht in der Psychiatrischen. Was sie ja auch wurden.

So Luzi, was ist denn? Das ist nichts für dich, das ist eine Frühlingsrolle. Ich geb dir die Hälfte, aber dann ist fertig.

Päuli: Frühlingsrollen, alles. Er isst auch Frittiertes.

Ich begleitete die Leute ins Spital und schaute, dass sie nach drei Tagen wirklich auch wieder freikamen. Man musste sie meistens mühsam überzeugen – Wooll, die lassen dich wieder gehen. Ich bin die Zora, ich begleite dich. Aber zuerst flicken sie dich zusammen, du hast eine schlimme Blutvergiftung. – Manchmal musste man auch streng sein. Ich bin ja klein, da ging das einfacher. – Du kommst jetzt mit mir, basta. Sonst stirbst du. – Ich schaute auch, dass sie saubere Strümpfe und frische Unterhosen bekamen und eine Zahnbürste. Die meisten hatten keinen Rappen, sie prostituierten sich für ein paar Franken und schossen sich das ganze Geld sofort in die Adern.

Luzi, fertig jetzt.

Päuli: Du!

Angst hatte ich nie vor diesen Menschen. Nie vor Menschen. Im Gegenteil, das sind die liebenswürdigsten Leute. Ich habe nie vergessen, was für eine Würde viele ausstrahlten. Ich konnte es mir nie ganz erklären. Ich nenne es Würde, vielleicht war es Stolz und eine Art Demut vor dem Leben, eigentlich geht das ja nicht zusammen. Aber bei diesen Menschen sah ich das. Oft bei Frauen.

Später machte ich dann einen Kurs, betreute auch die Drogenabhängigen grad bei mir um die Ecke hinter der Predigerkirche. Das war doch kein Ort für solche Leute. Es wurde nämlich immer gefährlicher im Dorf, vor allem nachts und besonders für solche, die sowieso angeschlagen waren. Immer mehr Menschen strömten von überall her, nicht nur gute. Ich schaute, dass die Süchtigen und Obdachlosen anständig untergebracht wurden. Dann offerierte mir die Stadt eine Gratisausbildung.

Päuli: Sozialarbeiterin.

Ich hatte doch keine Zeit! Das hätte ja ewig gedauert, vier ganze Jahre. Es musste aber sofort etwas gemacht werden, und das machte ich gratis. Vollamtlich hätte ich es mir nicht leisten können. Ich glaube, ich hätte auch keine Lust dazu gehabt, ehrlich gesagt. Ich war dann bei der Aidshilfe, eine Pionierorganisation. Sie brauchten jemanden, der hinstehen und reden konnte.

Viel war in Bewegung in diesen Jahren, auch im Milieu. Das Leben war bis dahin nicht so ein aggressives Geschäft gewesen, fast gemütlich eigentlich. Die Häringstrasse vor meinem Haus war noch eine Wohnstrasse, ruhig und anständig. Und unten der Braumandl mit den Wappenscheiben sorgte sowieso für Ordnung. Es gab auch wenig Auswärtige, das Exotischste waren die Tessinerinnen und die italienischen Gastarbeiter. Aber dann wurden die Wohnungen immer teurer. Gewuchert und spekuliert wurde überall in der Innenstadt, und es kamen ja immer mehr. Und mit den vielen Leuten vermehrten sich auch die Halsabschneider.

Plötzlich musste ich für meine schöne Wohnung beim Limmatquai über dreitausend Franken bezahlen. Jemand Anständiger kann sich das doch nicht leisten. Ich müsse ja nicht bleiben. Die Stadt gab mir dann eine günstige Wohnung in der Nähe, sie war aber bei weitem nicht mehr so schön. Und immer der ganze Krach.

Päuli: Hedeli, es wird kalt.

Und eben, plötzlich brauchte man für alles und jedes eine amtliche Bewilligung. Das kostet furchtbar viel, furchtbar. Und gibt Bussen. Und die Bussen wurden auch immer fetter. Plötzlich musste eine Prostituierte, wenn sie im Dorf nicht vorschriftsgemäss stand, zwei- oder dreieinhalbtausend Franken Busse bezahlen. Wenn man sie erwischte, und es sich summierte. Wenn sie zum Beispiel am Tag draussen stand. Das bekämpfte ich aber, das ging einfach zu weit.

Heimatland, das geht doch nicht. Plötzlich verdiente die saubere Stadt an uns! Es gab doch immer mehr Frauen, die geschieden waren, aber keinen Unterhalt von den Vätern bekamen und draussen vor der Stadt allein Kinder aufzogen. Die konnten doch nur am Nachmittag! Und nur auf dem Trottoir. Und keine war richtig versichert. Für diese Frauen reichte ich Petitionen ein.

Päuli: Ffff eben. Ä eben.

Es hiess plötzlich in den Zeitungen, man müsse die Strasse besser schützen vor den Dirnen. Vor den Dirnen, nicht wahr. Ich war ganz gegen solche Bussen für die Prostituierten. Man konnte aber innert einer bestimmten Frist Rekurs einlegen, das wussten natürlich nur die wenigsten. Ich wusste es. Darum hasste mich die Polizei, weil ich die Rechte und ein paar Tricks kannte und gute Beziehungen hatte.

Ich schrieb denen auf dem Amt und bei der Polizei zum Beispiel, die Dicke Astrid und die Rosalba hätten also bis dato den ehrenwerten Bürgersteig an der Zähringerstrasse noch nie beschädigt. Obwohl die zusammen schon eine Vierteltonne wogen. Das schade der Strasse doch nicht, wenn sie dort stünden und ihrer freien Tätigkeit nachgingen. Das Trottoir sei aus solidem Beton, das gehe nicht kaputt und müsse nicht geschützt werden mit all diesen Bussen. Aber die Frauen schon, die müsste man besser schützen!

Nicht nur die Stadt wollte vom Milieu profitieren. Mit der allgemeinen Geschäftemacherei und der Komplizierung des Gewerbes kamen auch die Zuhälter. Die rochen das viele Geld in der Stadt und wollten ihr Stück vom Kuchen, die Schmarotzer. Sie machten die Gegend unsicher und behaupteten, sie seien zum Schutz der Frauen da. Auf die hatten wir gerade gewartet. Niemand brauchte diese Blutsauger, schon gar keine der Frauen, alls was recht ist. Das sagte ich denen auch klipp und klar ins Gesicht. Abfahren, sofort, nicht wahr.

Päuli: Uuhh.

Der Werni Freudiger war sehr oft im Einsatz. Zu uns war er immer anständig. Er kam dann aber auch dran. Du warst bei ihm? Das musst mir erzählen. Ganz dreckig wäre es ihm ja um ein Haar gegangen wegen dem verdammten Schmarotzer-Pack.

Eigentlich hatte ich richtig Streit mit dem Werni, dannzumal, wooll. Damals noch Herr Freudiger. Einen grossen Krach hatte ich mit ihm. Aber ich rede nicht über ihn. Ein sympathischer Mann, belesen. Ab und zu kam er zu mir zum Kaffee. Ich hatte doch nie etwas mit ihm, umsgottswillen. Ein fairer Beamter. Wir redeten vor allem über Bücher. Ich sei sogar noch mehr belesen als er, sagte er einmal, als er meine Bibliothek studierte. Das freute mich noch.

Nicht alle Polizisten waren gute Leute, gar nicht. Es menschelt halt überall. Ich suchte mir die guten heraus. Es war praktisch, wenn man mit den Behörden ein Einvernehmen hatte. Und wenn man ein bisschen dafür sorgte, dass sie nicht zu viel und nicht zu wenig nach dem Rechten sahen.

Aber diese neuen Boxen, furchtbar, davon halte ich gar nichts. Verrichtungsboxen, das ist doch Käfighaltung, unmenschlich, und von der Stadt verordnet! Verrichtung, was soll das denn heissen? Ein schlimmes Wort. Sein Geschäft verrichtet man, nicht wahr. Das tut man doch nicht in einer Frau. Es zieht auch ganz die Falschen an, seltsame Männer. Ziemlich förchig ist das.

Es muss doch ein Zimmer sein, freundlich. Wooll, ein bisschen gemütlich. Eine gute Stimmung gehört einfach dazu. Ein Blümchen und ein Deckeli, bisschen heimelig. Und ein kühles Bierli oder ein Aperitif, man plaudert ein paar Worte, findet sich ein bisschen, kann sich anschauen, schon ein wenig entspannen. Dann kommt es gut. Und es gehört sich doch auch zwischen Menschen. Aber diese Boxen! Wie Autowaschanlagen. Da würden sie besser Wichs-Roboter reinschrauben. Solche Boxen machen die Stadt sicher nicht besser, nur verlogener.

Päuli: Entschuldigung. Ich möchte sagen, die hätten die Millionen gescheiter in eine richtige Hütte gesteckt. Und daraus ein schönes fff Puff gemacht. An zentraler Lage. Ä offen für jedermann.

Aber wie es jetzt ist an der Häringstrasse, das geht ja auch nicht. Dort quillt es aus allen Löchern, und der ganze Verkehr ständig. Und nicht wahr, apropos. Dort sei eben ein paar Strassen weiter der Werni gestanden. Ohne Hosen. Das wurde behauptet von dieser Zuhälterbande, Verleumdung. Zufällig ging ich grad den Weg hinauf, mit dem Luzeli I, mit dem rötschen. Und konnte für ihn dann das Gegenteil bezeugen. Da hatte er Glück. Wie heisst es da oben?

Päuli: Seilergraben.

Ich kürzte an diesem Tag den Weg ab ins Café Atelier, ich war dort verabredet. Eigentlich hatte ich ja Streit mit dem Werni. Weil er behauptete, ich sei auch auf dem Trottoir rumgestanden ohne Bewilligung. Er müsse mich verzeigen. Sagte ich – Goht's Ihne no? – Ich war ja noch per Sie. – Ich muss doch die Strasse unter die Füsse nehmen können, wenn ich aus dem Haus komme. Ich kann doch nicht ins Café fliegen! Ich habe immer gemeint, Sie seien ein anständiger Beamter, aber Sie sind ein Schafseckel! – Also furchtbar.

Päuli: Hehe. Hm! Hmhm!

Und dann kam er aber selber dran. Ein Zuhälter behauptete, der Werni sei vor dem grünen Haus gestanden, vor dem Frauenhaus, dem Puffhaus. Ich war auch dort, und ich habe also weit und breit keinen Polizisten gesehen. Aber eine Dame sah ich aus dem Fenster schauen. Sie rief herunter – Hoi! Hoi Zora! Wie geht es dir!? – Und ich rief hinauf – Gut! Mached's guet! Passed uf! – Wie hiess sie, die umgebaute Spanierin? Entschuldige mein Gedächtnis, seit dem Schlag weiss ich einfach vieles nicht mehr.

Päuli: War das die Estrella?

Sie bestätigte auch, dass da leider kein Mann auf der Strasse war. Die Estrella, die arme. Nachher ging sie für einen Urlaub zurück nach Spanien und starb am vergifteten Blut. Sie wollte sich noch ganz umoperieren lassen, und die Blutkonserven waren verseucht. Viele gingen für solche Operationen nach Spanien, weil dort niemand etwas wissen wollte und es viel billiger war. Ich fragte die Estrella, ob sie so nett wäre und auch offiziell aussagen würde. Der Herr Freudiger brauche Unterstützung. Alls was recht ist, das! stimmt! einfach nicht!!

Und zu dem Saukerli sagte ich – Sie sind ein Verbrecher. Das ist Verleumdung, dafür kommen Sie dran. Sie gehen besser grad sofort zum Teufel! –

Päuli: Uuueeeh!

Ein gefehlter Cheib war das, ein Krimineller. Er wurde dann eingesperrt. War doch der Sohn von einem Polizisten. So brachte dieser Sohn Schande über seinen Vater. Er war aber leider nicht allein, immer mehr von der Sorte dirigierten im Dorf die Damen herum. Beherrschten sie und machten sie gefügig. Nicht selten über Drogen. Das macht mich immer noch wütend, weil viele Frauen denen aus der Hand frassen.

Was für ein Unheil brachten diese Männer ins Quartier!

Sie waren überall und mischten sich in unser Leben, hockten in ihren Stenzen-Autos. Manchmal kam ich zufällig vorbei am grünen Haus und erkannte die sofort, nicht wahr. – Was sucht ihr hier. Das sind selbständige und freie Frauen. Was mischt ihr euch ein in unser Geschäft? Verschwindet! – Das sagte ich laut.

Päuli: Leider. Uuh leider.

Und dann behauptete der kriminelle Sohn auch noch, der Sittenpolizist Werni Freudiger sei in den Unterhosen vor dem grünen Haus gestanden. So ein Sauhund.

Päuli: Entschuldigung. Uiui.

Es wurde einfach immer härter im Dorf. Immer mehr und brutalere Kriminelle, nicht mehr all Schaltjahr ein kleiner Ganove. Einmal kam sogar eine ganze Bande über das Dach in meine Wohnung und wollte mich überfallen. Aber ich hatte Glück. Der Päuli war auch da.

Päuli: Jajagg. Das war in der Attikawohnung. Pssst.

Über die Dächer kamen sie, mitten am Nachmittag. Im Dorf sind alle Dächer miteinander verbunden, das ist wie eine Strasse auf den Zinnen beim Fluss. Ich war gerade am Umziehen, da standen sie plötzlich vor mir auf dem Balkon. Ich sah sie durch die Vorhänge und hörte sie reden, sie sahen mich nicht. Da machte ich dem Päuli ein Zeichen, psst, er solle still sein. Sind wir rausgedüselt, auf den Zehenspitzen, und verriegelten die Tür von aussen. Zum Glück hatte ich dannzumal schon das riesige Natel, ein weisses Telefon ohne Kabel. Das schnappte ich mir, und wir konnten im Treppenhaus die Polizei rufen.

Päuli: Cheeehehe. In flagranti! Auf frischer Tat getappt in der Wohnung.

Ausser Hausfriedensbruch hatten sie aber nichts gemacht.

Als die Polizei die Tür aufschloss und die Handschellen zückte, riefen sie – Zu der haben wir doch gar nicht gewollt! Wo sind wir denn hier? Das ist ja gar nicht die Richtige! –

Sie wollten nämlich gar nicht zu mir. Sie hatten sich im Haus geirrt.

Päuli: Nicht zu ihr.

Ich hatte doch wieder Glück. Ich hatte wieder ein solches Glück.

Päuli: So jetzt, Hedeli. Die Bananen.

Werner Freudiger, der Polizist:

Ich nannte sie immer Frau Zora. Ich kenne keinen Polizisten, der mit ihr per Du war und es gewagt hätte, sie beim Vornamen zu nennen. Ansonsten war das normal. Aber die Zora war die Frau Zora. Inzwischen bin ich ja schon so lange pensioniert. Und jetzt kürzlich, als ich sie traf im Dorf, da gingen wir in der Kantorei zusammen essen. Und ich nannte sie wieder so. Sagte sie – Wir könnten uns du sagen, Werni. Wir sind ja jetzt nicht mehr im Geschäft. Wir sind doch fast Freunde und nur noch uns selber. – Einverstanden, Hedy. Das freut mich. –

Sie war mir eigentlich immer ein Rätsel. Und dass sie jetzt verschwunden ist, erstaunt mich gar nicht. Ich glaube, es ist lebenswichtig für sie, dass sie abtauchen kann ab und zu. Dass keiner ihren Namen kennt und ihre Adresse. Auch nicht ihre wahre Geschichte.

Jedes Mal, wenn man sie antrifft, nimmt man etwas Neues auf von dieser Frau. Eine Überraschung. Nie weiss man alles. Das ist an und für sich – ich finde es richtig interessant. Das sagte ich auch zu Erna, meiner Frau – Komm doch gopfertelli mit zu dem Essen mit ihr. Komm mit. –

Sie redet meistens wenig. Oder dann wie ein Wasserfall, man kann sie kaum bremsen. Meistens geht es gar nicht um sie. Von sich selber redet sie nicht gern. Es erstaunt mich, dass sie überhaupt etwas erzählt.

Vor allem menschlich interessant und unvorhersehbar ist diese Frau. Sehr eigen. Sehr harter Kopf. Intelligent sowieso. Und hübsch. Ich finde sie immer noch sehr hübsch.

Ich war es nicht, der sie fand, damals. Das war ein Kollege, er ist inzwischen fortgezogen. Ich hatte, wie alle, nur davon gehört. Und auf der Wache die Fotos gesehen. Jeder sprach davon, die ganze Stadt. Ich glaube, das war der grässlichste Fall, den es je gegeben hat in Zürich.

Als Zora sah ich sie nie. Ich meine, ich traf sie nirgends an, wo man die Damen sonst antraf. In keinem Salon, in keinem Etablissement, nirgends. Auch nicht auf dem Trottoir, und auf dem Strassenstrich stand sie schon gar nicht rum. Nur einmal, später, fast am Schluss. Sonst sah ich sie nie anschaffen. So ist das ja mit ihr, man trifft sie nicht einfach so. Sie soll ihren Salon später untervermietet und nicht mehr selber gearbeitet haben. Daraus entstand wohl nachher diese grosse Katastrophe.

Wenn sich unsere Wege kreuzten, war das eine ganz normale Person. Nicht aufgedonnert, adrett gekleidet. Wie eine normale Frau sah sie aus, aber hübscher als andere, freundlicher. Man erkannte sie von weitem an ihrer Sprache, sie sprach niemals ordinär, aber sie konnte ein giftiges Maul haben. Im St. Galler Dialekt giftet es natürlich besonders schön.

Es ist so, wenn ich etwas mit ihr zu tun hatte, ging ich zu ihr in die Wohnung hinauf. Ab und zu musste ich sie etwas fragen oder etwas klären. Da war man bei ihr an einer guten Adresse. Die Zora sagte mehr die Wahrheit als die meisten. Und sie sah auch Zusammenhänge, sie machte sich einen Reim auf die Vorgänge, sie hatte die Augen offen. Vielleicht mehr, als für sie gut war.

Bei ihr war übrigens der einzige Ort, wo ich einen Kaffee nahm. Immer alles tipptopp und blitzsauber. Sonst ist man lieber nicht auf die Stuhlkante gesessen. Ab und zu trank man schon mal ein Bier aus der Flasche und ging dann möglichst sofort wieder. Aber bei ihr, das muss ich sagen, war es angenehm. Richtig gastlich. Da konnte man sitzen, ein wenig ausruhen und über Gott und die Welt reden.

Du musst wissen, es gab viele, die mit ihrer Identität spielten im Milieu. Auch mussten. Für manche war es lebensnotwendig, sich zu verkleiden. Nicht weil sie etwas auf dem Kerbholz hatten, sondern weil sie mit der Maske eine Persönlichkeit annahmen, mit der sie erst richtig leben konnten. Für andere war es überlebenswichtig, weil die prüde Gesellschaft sie sonst nicht in Ruhe liess. Es war ja, sagen wir, bis fast zur Jahrtausendwende, alles verboten. Ausser Arbeiten und ein bisschen Sex zwischen Mann und Frau am frühen Abend in der Missionarsstellung, war offiziell eigentlich alles verboten.

Da bin ich sehr allergisch. Ich meine, gegen dieses Geheuchel. Es gab so viel Getue in den sogenannt besseren Kreisen. Ich möchte ja nicht erzählen, wen wir alles antrafen in den Salons. Zum Beispiel die Seelsorger, sie nannten sich Seelsorger. Einer erklärte uns immer, er müsse diese Frauen erziehen. Umbiegen, nannte er es, auf den guten Weg bringen. Und ich – Scho guet! Alles klar. –

Man sah Dinge, über die konnte ich einfach nur staunen. Ständig habe ich doch den Pfarrer angetroffen, beim Champagner und der Arbeit für den richtigen Weg. Auch andere, namhafte und stramm moralsichere Herren der Stadtprominenz. Aber gut, da machte man sicher keinen Ballon daraus. Jeder hat seine Bedürfnisse, geht mich nichts an. Nur die Heuchelei ging mir extrem auf den Sack. Und daraus Profit schlagen.

Gewisse Leute hatten zum Beispiel Häuser unten an der Langstrasse und auch im Dorf. Die Verwaltung übertrugen sie scheinheilig einer Firma und liessen dann Huren einquartieren und von Zuhältern überwachen. Selber logierte man am Zürichberg, Sonnenberg, Herrliberg, und für die elenden Zimmerchen kassierte man zweihundert Stutz, in den Achtzigern. Pro Bett und Nacht. Verdammter Wucher.

Die erwischst eben nie. Das hat mich immer gewurmt. Alles immer ganz legal.

Ich lernte viel über die Menschen und habe schon lange die romantischen Illusionen verloren. Vor allem über die sauberen Westen lernte ich viel. Und wie auslegbar und willkürlich auch das Rechtswesen sein kann. Ohne Kohl. Unsere hehren Gerichte. Überall hocken ein paar Gute und zu viele Schlechte, Käufliche. Eigentlich habe ich lange an unser Recht geglaubt, an unseren Rechtsstaat. Auch an eine rechte Politik. Aber man darf dem Seich nicht zu nahe kommen und nicht zu lange drin sein. Sonst sieht man nur noch schwarz. Berufskrankheit.

Es kommt auf den Einzelnen an. Ich glaube, es geht letzten Endes immer um Courage im Leben. Ob etwas gut ist oder nicht und ob die Institutionen dem Leben dienen, das machen Einzelne. Es geht um ein Gewissen und den Mut, etwas zu tun oder nicht zu tun, nach dem Gewissen. Das ist ja meistens unbequem. Dafür hinstehen. Mir scheint, es werden immer weniger, die Courage haben und selber für etwas hinstehen. Es wird alles abgewälzt. Und natürlich wird von oben nach unten gewälzt, immer nach unten, bis ganz zuunterst. Die Untersten liegen flach und bluten.

Ich bin jetzt viele Jahre weg von der Sitte. Aber du glaubst es nicht, ich träume doch ständig. Jede Nacht eigentlich. Immer mehr eigentlich. Schlafe fast nicht, schon lange mein Schwachpunkt. Im Alter kommt das Leben wieder hoch. Was nicht verdaut und im Reinen ist, schwemmt es in den Nächten heran. Hier im Spital ist es ganz schlimm. Manchmal habe ich richtig Angst vor Momenten, die Jahrzehnte zurückliegen. Damals habe ich die Angst gar nicht bemerkt. Stell dir vor, erst jetzt fährt es mir ein, nach so langer Zeit.

Es geht mir aber recht. Es hat sehr liebe Frauen hier, es geht mir gut. Es geht gut, doch, ich möchte gar nicht immer liegen. Es ist gut, dochdoch. Ich habe keine Schmerzen. Oder eigentlich immer. Du lenkst mich ab, das ist bestens.

So Seich einfach träume ich, dummes Zeug. Erinnerungen tauchen auf. Wieder mehr, seit ich in St. Gallen die Treppen hinuntergefallen bin. Ausgerechnet in St. Gallen, wo ich doch sonst nie bin. Krache ich dort die Steinstufen hinunter in die Unterführung, vor den Augen von Erna, meiner Frau. Sie war ganz von den Socken. Aber es ist nichts Schlimmes passiert, es hätte auch schlimmer gehen können.

Über das Glück denke ich nach in letzter Zeit.

Ich glaube, dass jeder Mensch immer auch Glück hat. Überall und jederzeit ist doch beides parat, ganz nah beieinander. Glück und Katastrophe. Ich habe das Gefühl, es sind immer unendliche Schattierungen von Möglichkeiten unmittelbar um uns herum, jedenfalls meistens. Wir nehmen sie nur nicht wahr. Sie zu sehen, würden wir wahrscheinlich nicht ertragen. Tausende Tode, Millionen Neuanfänge. Alles ist da, gleichzeitig, neben uns, mit uns. Das wurde mir irgendwann bewusst bei meiner Arbeit. Auch als ich diese Treppe hinunterfiel. Diesmal hat es mir nur die Schulter versplittert, es hätte auch tödlich sein können. Es hätte auch nur ein kleines Stolpern bleiben können. Alles ist möglich.

Ich schlafe miserabel. Eigentlich meistens, aber hier ist es besonders schlimm. Ich habe richtig schwarze Zeiten in der Nacht, am Tag werden sie dann blauer. Zum Glück habe ich einen grossen Bauch und eine ziemlich dicke Haut, ich lache auch gern, das hilft. Immer schon hatte ich solche schwarze Zeiten. Sie gehen vorüber, man muss es aushalten, den Blick auf das Gute richten.

Ich sah schon vieles, das nicht schön war. Es gibt Dinge, die kann man nicht verdauen. Wenn man

Glück hat, kann man sie vergessen. Aber ich verschone dich damit.

Die Hedy musste nicht ich finden, zum Glück.

Manchmal kommt man an Grenzen. Oft, wenn man zu den sogenannt aussergewöhnlichen Todesfällen ausrücken muss. Und die Bilder hat man dann, sie brennen sich ein. Wie dieses eine, das auch immer wieder auftaucht. Ein junges Paar, Mann und Frau, nackt beide, in der Liebe vereint. Schöne junge Menschen. Wirklich noch ganz in der Liebe zusammen. Aber rundherum alles voller Blut und Flüssigkeiten. Die Köpfe kaputt und zerrissen. Sie hielt ihn ganz umschlossen. Und auf dem Abschiedsbrief – sie möchten so sterben. Für immer zusammen bleiben. Er erschoss zuerst sie, dann sich. Und tatsächlich waren sie immer noch ineinander. Wir liessen sie zusammen, wickelten sie in saubere Tücher.

Für die, die das finden, ist es nicht schön. Wir mussten ausrücken. Die, die es zusammenschaufeln und einpacken und abtransportieren müssen, haben dann die Filme. Diese sterblichen Reste in der Nacht, diese verlassenen und verlorenen Leiber. Es brennt sich ein. Ich sage dir, ich mag die ewige Verbundenheit im Geiste nicht.

Verfolgen tut es mich nicht, es kommt einfach und geht. Ich betrachtete die meisten Fälle eher – als menschlich interessant. Als Polizist studierst du die Menschen, du musst. Kennst ihre Ängste und Fehler. Aber manches kannst du nicht mehr einfach als interessant verschaffen.

Die Sprüche der Gerichtsmediziner zum Beispiel.

Einer war ganz grauenhaft, ein hoher Beamter. Einmal lag eine tote Frau auf dem Schragen. Und wenn jemand ohne ersichtlichen Grund tot ist, wird der Leichnam ausgezogen. Der Mediziner muss schauen, ob irgendwo eine Wunde ist, oder ob sie ein Messer im Rücken hat. Und der medizinische Beamte beugte sich über die nackte Tote und sagte – Verdammi, ist die fett, wie kann man nur so verfressen sein. – Einen solchen Spruch hätte ich nie erwartet von einem Arzt. Und ich – Aber die Frau ist doch nicht dick, sie hat Rundungen. Sie ist doch hübsch. –

Weisst du, der Zynismus und die Menschenverachtung, sogar angesichts des Todes. Das ertrug ich ganz schlecht. Ich habe mich immer gefragt, ist das Zynische verzweifelt cool oder ist es Verachtung? Und ist die Verachtung Selbstschutz? Der Schutzschild der Herzschwachen und Überforderten? Dann sind die doch am falschen Platz!

Ich war ja auch kein Kirchenlicht, das hat dir die Zora sicher erzählt. Machte selber auch ab und zu einen Hurenseich. Das kommt dann eben auch nachts wieder.

Du darfst die Nerven nie verlieren und den klaren Blick. Aber man ist auch nur ein Mensch. Vielleicht ist es das Wichtigste im Leben, Gelassenheit. Das Schwierigste auch. Hast du gute Nerven? Sonst will ich dir all diese Geschichten nicht antun. Sie haben nichts mit Hedy zu tun. Eine erzähle ich dir, weil Hedy den Psychiater gut kannte, der am Schluss eine Rolle spielte. Ein hohes Tier. Er spielte leider oft eine wichtige Rolle.

Ich fuhr zehn Jahre Streife in der Stadt. Einmal

telefonierte morgens um zwei der Abwart der MFO, Maschinenfabrik Örlikon. Er höre Hilferufe bei den Gleisen unten. Wir sind natürlich im Affenzahn ausgerückt. Und da lag tatsächlich einer, ein Körper, zwischen den Gleisen. Ich meine, nur der Körper. Die Beine lagen neben dem Gleis. Wir versuchten noch, den Rumpf wegzutragen, aber dann kam schon wieder ein Zug, am Bahnhof Örlikon kommen und gehen ständig die Züge. Wir konnten ihn nur blitzschnell so drehen, dass er ganz zwischen den Schienen lag. Und ich schrie – Chumm, Chopf abe! – Der hatte seinen Kopf auf die eine Schiene gelegt, auf die andere die Beine, aber dann wollte er plötzlich doch am Leben bleiben. Beim ersten Zug konnte er den Kopf noch rechtzeitig zurückziehen, aber die Beine nicht mehr. Ich schrie also – Mach schnell, zieh den Kopf ein! – Und dann kam schon der langsame Güterzug, morgens um zwei, dödpu dödpu dödöpudödöpudödöpu. Ewig. Wir waren sicher, den müssen wir in Wipkingen zusammenschaben. Aber verrückt, als nach unendlicher Zeit der letzte Wagen vorbei war, tauchte der Kopf auf und rief – Hallo? –

Da friert es mich heute noch, so schön war das. Das war das fantastisch Schöne im unsagbar Traurigen.

Die Sanitäter luden ihn auf die Bahre, nur mit den Fingerspitzen, und der Kollege und ich nahmen je ein Bein unter den Arm. Sie bluteten nicht, und sie waren warm, ich weiss es noch. Dann brachten sie ihn ins Spital und nähten ihm die Beine wieder an. Und der Psychiater kam und wies ihn in die Irrenanstalt. Zwei Tage nach der Operation starb der arme Kerli.

Er war anscheinend abgehauen aus der Psychiatrischen, aus dem Burghölzli. War schon mehrmals geflüchtet aus der Nervenheilanstalt, um sich das Leben zu nehmen.

Der mächtige Psychiater ist eben auch einer, der mich manchmal nachts verfolgt. Die Hedy kannte ihn, ein Gast. Sie erzählte mir einmal eine Geschichte, die war von höherer Abgründigkeit, wie aus einem Dürrenmatt-Stück. Ein Psychiater kam immer, wenn man einen heiklen Fall hatte. Also wenn zum Beispiel eine Frau durchdrehte. Und dieser Herr war ein ganz primitiver Siech, ich sage es offen. Er machte solche Sprüche – Die müsste man nur einmal ordentlich drannehmen! Von vorn und von hinten. Dann würde die schnell wieder normal. –

Anscheinend war die Hedy einmal mit diesem Psychiater in einem Hotel gewesen. Galantes Wochenende, er hatte sie eingeladen. Und hatte scheints einen grossen Koffer dabei. Damit sei er auf seiner Suite verschwunden, und nach einer Weile habe er sie gerufen. Und dann stand er da im Vollwichs, in einer SS-Uniform mit Reitgerte, du glaubst es nicht. Er wollte als SS-Offizier mit ihr essen auf dem Zimmer und dann von ihr gezüchtigt werden. Aber die Hedy habe dem die Uniform ausgezogen und zerschnitten. Und ihm dann nach Kräften und richtig den Hintern versohlt.

Ich fragte die Hedy einmal, warum sie sich das antue und das mache. Sie sagte mit ihrem Lächeln – Weil ich mein eigener Herr und Meister bin und sehr gut verdiene. Und weil es menschelt. Ich mache das meistens nicht ungern. –

Weisst du, in meinen Nächten denke ich manchmal, ich war kein guter Polizist. Im Grunde. Im Naturell bin ich einfach zu weich. Ich musste mich immer bemühen, ein harter Siech zu sein. Sonst hast du Probleme, weil es dir zu nahe geht und weil sie deine Gutmütigkeit ausnützen. Ich habe immer versucht, nicht nur hart zu sein, aber auch nicht blöd. Oft hätte ich ganz andere verhaften wollen, als ich es musste.

Es ist eine Gratwanderung. Häufig wusste ich, das kann jetzt heikel werden für mich. Aber wenn ich diese Drogendirnen am Sihlquai und am Platzspitz habe, diese armen, kranken Geschöpfe, und wenn ich die ständig büsse und aufschreibe, was ändert das? Und wem nützt das?

Ich redete lieber mit ihnen. Und wenn es gar nicht mehr anders ging, musste ich eine verzeigen, weil es sonst auffiel. Meistens drückte ich drei Augen zu. Ich kann dir sagen, viel lieber hätte ich die Hunde eingesperrt, die diese Frauen besteigen.

Ich war ein schlechter Polizist, weil sie mir leidtaten. Das war nicht Mode in unserem Beruf. Heute bin ich sehr froh darüber, sonst könnte ich wahrscheinlich gar nicht mehr schlafen.

Wir hatten so Spezialisten, für die war das Verzeigen von Huren ein Sport. Die konnten an einem Abend fünfzehn Drogendirnen reinnehmen und waren richtig stolz darauf. Am andern Tag wurden sie vom Chef gelobt. – Fünfzehn in einer Nacht! Gute Leistung. Und du Pfeife, Freudiger, was treibst eigentlich die ganze Zeit? –

In der Beziehung war ich taub, und ich hatte beruflich zum Glück anderes im Köcher. Es tönt jetzt weich, aber es war so – ich musste alles zuerst mit meinem Herz abgleichen. Das Herz stand immer an erster Stelle bei mir. Sogar über dem Gesetz stand es, es war das erste Gesetz. Das geht natürlich nicht, und ich sagte es auch nie jemandem.

In der Gegend, wo ich auf Streife war, hocken ja jetzt diese gelangweilten Millionäre. Aber bis vor kurzem war zum Beispiel der Damm unter der Eisenbahnbrücke am Fluss nach dem Letten eine ganz verruchte Adresse, da sass das krasse Publikum. Grad gegenüber vom Spunten, auf der anderen Limmatseite, war die Bierfabrik, das Löwenbräu-Areal. Jetzt ist dort eine Schönheits-Fabrik, vielleicht saugen sie Fett ab, so was gibt es, und ein Galerientempel. Darüber superteure Wohnungen, Stararchitektur. Ich war nie drin. Und der Damm ist zu und wird wohl irgendwann abgerissen oder aufgewertet.

Zu meiner Dienstzeit fuhren dort noch die Rocker mit der Harley in die Beiz. Und wenn ich auftauchte, riefen sie – Sheriff, wen musst haben? – Sagte ich – Du, du und du auch, ihr wisst, wohin. – Jawoll, Sheriff. Betreibungsamt. – Ich hatte einen Vorführungsbefehl, und sie wussten, wenn sie nicht spurten, dann marschierten sie. Solange sie sich an die Regeln hielten, hatten sie Ruhe und wir auch. So funktionierte das, gegenseitig. Sie wussten, wenn ich sage – Jetzt musst den Finger rausnehmen und zahlen –, dann war das so. Sonst hätte ich sie verhaftet. Der Ton zwischen uns war familiär.

Zu meinem Revier gehörte auch der Casanova. Ein

wahnsinniger Siech, Eisenleger. Wahrhaftig wahnsinnig, aber meistens war er ruhig. Ich kam gut aus mit ihm, und viele Frauen standen ja auf den. Der Casanova war immer auf hundertachtzig, es brannten ihm sehr schnell die Sicherungen durch. Er hatte massiv psychische Probleme. Mich verteidigte er immer. Wenn ich am Tisch sass, und einer kam herein und pöbelte mich an, dann stand der Casanova langsam auf – Sheriff, musst nur melden. – Sage ich – Alles gut, ich komme schon zurecht. – Und der pöbelt weiter – Wääädääädäbullenverdammtescheissschroterdä däblabla!!! – Da nimmt der Casanova einen schweren Metall-Aschenbecher und schwartet den über die Theke. Die war grad gespalten. Und ruft – Hat noch einer Probleme mit dem Freudiger?! Ich schlag ihm die Fresse ein! – Man musste ihn sehr vorsichtig runterholen. Leider konnte ich ihn ja nicht rund um die Uhr beruhigen.

In einem ganz schlimmen Anfall brachte er später seine Frau um. Der Huerenidiot! Sie habe immer dreingeschwatzt beim Fernsehen. Da nahm er ein Kissen, drückte es ihr aufs Gesicht und setzte sich darauf. Damit sie endlich ruhig sei. Es soffen ja beide. Wir kamen zu spät.

Es sind ja oft die Frauen, die diese durchgedrehten Typen ruhigstellen und einigermassen sozialisieren. Sie sogar auf eine Art mögen. Auch viele Prostituierte sind unzimperlich und Menschenkennerinnen. Es gab Freier und Zuhälter, auch gewöhnliche Beizengänger, die hatten einen gewaltigen Schaden in der Fadenzeine. Die käuflichen Frauen konnten die Typen so nehmen, dass sie es schafften, wieder einmal zu entspannen, statt alles klein zu schlagen. Die müssten doch haufenweise Friedenspreise bekommen.

Eine kannte ich gut, wir gingen oft bei ihr vorbei, um zu schauen, ob alles in Ordnung sei. Die Suleika. Sie freute sich jedes Mal, wenn wir kamen, ohne Kohl. – Nehmt ihr ein Bierchen? – Gern. – Sie hatte einen Salon für solche Spezialbehandlungen. Einmal waren wir gerade bei ihr, da klingelte es. Sie schaute durch den Spion und verfrachtete uns sofort in die Küche – Ou, der Eisenleger Casanova. Ihr macht keinen Mucks. Ich muss ihn ans Kreuz binden. – Und nach einer Weile kam sie wieder und flüsterte – Jetzt könnt ihr etwas lernen. – Du glaubst es nicht, sie musste den abklöpfen, und wir schauten durch den Spion. Und ein anderer dieser Spezialisten schaute zu, durch ein Guckloch. Am Schluss bezahlten beide, der Suleika rentierte das doppelt. Man nennt das Gruppengeld. Wahnsinn. Ich fand es nicht ekelhaft, eher traurig. Irgendwie verzweifelt.

Übrigens arbeitete die Suleika später im Shopville, in der unterirdischen Fussgängerzone am Hauptbahnhof, die in den Siebzigern eröffnet wurde, damit der Verkehr besser vorankam. Ich traf sie dort – Herr Freudiger, grüezi. Ich bin jetzt also weg von dem Zeug. Ich arbeite in der Bäckerei hier unten. – Das freut mich aber. – Ja. Ganz normal arbeite ich. Und verdiene jetzt auch ganz normal schlecht. – Aber dafür schlafen Sie doch sicher besser, Sandra. –

Zur Suleika kam übrigens immer ein Bankdirektor. Ganz bekannter Name. Er wollte nichts anderes von

ich lade Sie zum Essen ein. – Ich komme sehr gern mit Ihnen essen, Frau Popp. Aber ich nehme meine Frau mit. – Leider sagte sie dann einen Tag vorher ab. – Das ist jetzt schade, Frau Popp. Meine Frau ist extra zum Coiffeur gegangen, damit sie so schön aussieht wie Sie. – Später gestand sie mir, sie habe einfach nicht den Mut gehabt, am hellen Abend mit mir auszugehen, mit der Frau. Ohne Maske war sie richtig menschenscheu.

Im Schatten der Nacht sass sie meistens in irgendeiner Bar im Dorf und schwang am Tresen das grosse Wort. Wenn die Frau Popp kam, herrschte gute Laune. Manchmal stand sie im Schummer und Rauch vor dem Barspiegel, betrachtete sich ausgiebig und nestelte plötzlich eine Brust hervor. Oder beide. Prachtsexemplare, ohne Zweifel. Sie legte sie so richtig liebevoll auf die Hände, tätschelte sie, balancierte sie hin und her und sagte mit Inbrunst – Frau Popp, also wirklich. Das ist ein Kunstwerk. Die schönste Frau von Zürich! Aber gelegentlich sollten wir wieder nach Spanien in den Service. Es fällt und fällt zu Tale. – Ohne Kohl.

Frauen sind seltsame Wesen, denke ich manchmal. Ich konnte zum Beispiel nie verstehen, warum eine einen Zuhälter will. Es gibt Männer, die haben eine besondere Gabe, sie verstehen es extrem gut, Frauen zu manipulieren. Und machen sie sich gefügig. Manchmal auch abhängig, meistens über Drogen. Es gibt Frauen, die merken gar nicht, dass der Typ sie ausnimmt. Sind noch stolz, einen solchen Hengst zu haben. Und es gibt andere, die haben einfach keine Wahl mehr. Umgekehrt ist auch möglich, dass die Gockel nicht merken, wie die Frauen sie benützen.

Die liebe Zora hatte ja auch einmal Scherereien mit einem, von der Olé-Olé-Bar. Anscheinend hatte sie mit dem irgendein Arrangement. Er habe ihr das ganze Geld abgeknöpft, das erzählte sie mir voller Empörung. Vielleicht hatte der sich getraut, sich aufzuführen wie ihr Zuhälter. Aber da war er bei der Zora an die ganz Falsche geraten. Diese kleine Person wehrte sich wie eine Tigerin, mit ihr war gar nicht gut Kirschen essen.

Es war ja auch die Zora, die sich mit allen Mitteln einsetzte, als es mir beinahe an den Kragen ging. Die ganze Geschichte wogte so hoch, dass es mich um ein Haar druntergenommen hätte. Eine fadengrade falsche Anschuldigung. Dieser Herr hockte immer in seinem beigen Mercedes beim grünen Haus im Dorf und überwachte seine Freundin. Irgendwann kamen die Frauen zu mir und beschwerten sich – Herr Freudiger. Der muss weg. Sonst holen wir unsere Männer auch. Und dann gibt es richtig Zoff. – Es ist so, es darf einer eine Frau nicht überwachen, egal, was sie arbeitet. Ich ging also zu dem – Du musst jetzt verreisen. Sonst nehme ich dich wegen Zuhälterei. Du hast keine Frau zu überwachen. Abfahren. – Zwei Tage später wurde die Dame aber dummerweise verprügelt. Und er war nicht da. Da kam er fuchsteufelswild angerannt – Verdammisiech, Sie sind schuld! Ich muss meine Freundin in diesem Huerekaff beschützen können! Jetzt kommen Sie dran! –

Er verbreitete, er habe mich aus dem Haus kommen

sehen in Unterhosen. So ein Seich. Aber um einen Ruf zu ramponieren, kannst jeden Seich verbreiten, das ist nicht schwierig.

Die Zora schaute, dass für mich ausgesagt wurde. Bemerkenswert ist, dass sie mir half, obwohl sie so wütend auf mich war. Ich hatte in einem Rapport »Wiederaufnahme der Gewerbsunzucht« schreiben müssen. Es war einfach zu augenfällig. Offiziell hatte sie ihren Salon aufgegeben, aber wir sahen sie ständig auf der Strasse stehen. Heute bin ich mir gar nicht mehr sicher, ob das richtig war. Vielleicht stand sie nur dort herum, um mit den Frauen in Kontakt zu bleiben. Sie war doch so engagiert.

Anscheinend gab es aber ein Gerangel um diesen Käfig. Das war ja eine durchaus kostspielige Anschaffung. Es rief eine auf der Wache an, sie habe mit der Zora im gleichen Salon gearbeitet. Und jetzt sei die Madame ausgestiegen und habe auch den Käfig abgezügelt, diesen Zwinger einfach mitgenommen. Er gehöre ihr gar nicht. Wir mussten natürlich ausrücken und einen Rapport machen.

Das nahm sie mir sehr übel. – Herr Freudiger, da isch de Gipfel! Das stimmt einfach überhaupt nicht, dass ich wieder im Geschäft bin! Jetzt kommen sie dann vom Steueramt angerannt. Die Rechnung schicke ich aber grad Ihnen, Sie Schafseckel. – Von dem Moment an redete sie kein Wort mehr mit mir.

Und dann kam sie eben, diese Katastrophe. Die Zora hatte die Gefahren unterschätzt. Wie diese Frau drankam! Das kann ich dir nicht beschreiben.

Wahrscheinlich war es ein Racheakt von Zuhältern.

Es gab eine neue und mächtige Zuhälterbande aus dem Maghreb. Und die Zora konnte doch sehr gut Arabisch und wird nicht aufs Maul gesessen sein. Ich bin nicht sicher, ob sie nicht den einen oder andern sogar kannte. Jedenfalls wurde ein Exempel statuiert, was mit Frauen passiert, die nicht gefügig sind und frech das Maul so weit aufmachten wie die Hedy.

Zuerst unterschätzte sie die Gefahr, aber dann sah sie sie sofort kommen. Sie merkte in einer verregneten Nacht, dass sie verfolgt wurde, und flüchtete in die Dörfli-Bar. Kannte die Leute dort und bat um Hilfe. Sie telefonierte sogar der Stadtpolizei, Hauptwache, die war ja gleich um die Ecke. Leider war ich nicht da, ein Kollege nahm ab. Und wie es so ist – die Zora telefonierte halt ständig und prangerte Missstände an. Und wenn sie ins Reden kam zum Thema Missstände, dann war das ein Wasserfall. Man konnte sie nicht mehr bremsen. Man hielt den Hörer ein wenig vom Ohr und machte weiter Kreuzworträtsel, bildlich gesprochen.

Es ist tragisch. Sie wimmelten sie ab. Es hiess bei der Polizei – Ja, ja, wir kennen Sie, Frau Zora. Beruhigen Sie sich. Wegen so einem Seich rücken wir nicht aus. – Und schickten keine Streife! Die hätten ja nur über die Brücke fahren müssen.

Sie konnte durch den Hinterausgang der Dörfli-Bar flüchten, aber dann wurde sie überfallen. In ihrer Wohnung, ihrem Salon.

Man quälte sie auf unmenschliche Weise.

Danach verschleppten sie sie nach Wipkingen in eine Zuhälter-Wohnung und liessen sie dort liegen.

Ich sah nur Fotos.

Befreit wurde sie nur durch einen Glücksfall. Der Kollege musste genau an diesem Tag, genau in dieser Strasse, genau in dieses Haus, auf dem genau gleichen Stockwerk eine Strafverfügung ausstellen gehen. Und hörte etwas, das ihm seltsam vorkam. Und rief sofort die Kollegen. Die konnten dann die lebensgefährlich verletzte Frau befreien. Im allerletzten Moment, sonst wäre sie verdurstet oder verblutet.

Es ist nicht zu fassen, dass Menschen das einander antun können.

Es ist mir ein grosses Rätsel, wie Männer das Frauen antun können.

Es ist absolut nicht zu sagen, dass eine Gruppe von Männern das einer einzigen und wehrlosen Frau antun können.

Kannst du mir bitte das Wasserglas reichen?

Noch trauriger ist, dass es Leute waren, die Hedy doch immer verteidigte. Und dass eine Schweizerin mit drinsteckte, die einmal Zoras Freundin gewesen war. Es war eine Stämmige, rabiater Siech, ein Grobian, heute würde man sagen, verhaltensauffällig. Aber die Hedy konnte es gut mit ihr. Ich habe mehrmals mitbekommen, wie sie diese Grobschlächtige in Schutz nahm. Sie tätschelte sie und sagte – Ist schon gut, lasst sie in Ruhe. Ich schaue schon, dass mein Ross nicht zu wild wird. –

Und mit dieser Geschichte war noch nicht genug. Das Leben hielt noch mehr Albträume für sie auf Lager. Ein Unglück kommt selten allein.

Und wenn man sie heute sieht – sie lächelt doch immer. Sie ist hübsch und gepflegt und immer freundlich zu allen. Spaziert mit ihrem Päuli und ihrem Luzi zufrieden durch die Gassen und hat für alle ein gutes Wort. Das ist für mich das grösste Wunder.

Versuch es doch einfach weiter bei ihr. Wenn sie verschwunden ist, versuch es einfach wieder. Sie taucht schon wieder auf, da bin ich sicher.

Jetzt kannst mir die Rückenstütze gern ein wenig flacher stellen.

BRUTALE SITTEN IM ZÜRCHER MILIEU

Zürich, im April 1984 ■ Die Zuhälter-Mafia greift zu immer brutaleren Mitteln. Dies bestätigt die Zürcher Polizei, nachdem sich in den letzten Wochen mehrere Prostituierte und Stammgäste aus dem Niederdorf an die Zeitung gewendet hatten. Das Fass zum Überlaufen brachte die grausame Misshandlung einer Prostituierten vor rund zwei Wochen. Die als Rote Zora bekannte Gunstgewerblerin wurde während zweier Tage gefangen gehalten und schwer gefoltert.

Verschiedene Anzeichen weisen darauf hin, dass sich immer mehr organisierte, bewaffnete Verbrecher breitmachen, mit dem Ziel, das Monopol über die Standplätze der Niederdorfprostitution zu erwerben. Besonders prekär ist die Situation für die immer kleinere Zahl der Altstadtbewohner, die ihre Klagen aus Angst vor Racheakten aber genauso wenig öffentlich zu formulieren wagen wie die Prostituierten.

Eine der Wortführerinnen der Zürcher Niederdorfprostituierten ist jetzt in ihrer Absteige an der Zähringerstrasse »auf grausamste Art misshandelt und verletzt worden«, wie Polizei und Berufskolleginnen übereinstimmend bestätigen. Zwei Schweizer Prostituierte, drei Tunesier und drei Marokkaner haben die Rote Zora über Stunden hinweg mit Stahlruten und Stellmessern traktiert und anschliessend zwei Tage lang in einer Wohnung im Kreis 10 auf widerlichste Art physisch und psychisch gefoltert. Dass diese Frau überhaupt noch am Leben ist, verdankt sie vermutlich einem Polizeibeamten des Kriminalkommissariats 3, der während einer Routinekontrolle zufällig am Schauplatz des schrecklichen Geschehens auftauchte.

Am letzten Sonntag vor einer Woche hielt sich die Rote Zora in der Dörfli-Bar auf, als zwei ehemalige Untermieterinnen und Arbeitskolleginnen mit Stenzen und deren Sippenanhang auftauchten. Die Einzelkämpferin versuchte sich über den Hinterausgang vor der achtköpfigen Übermacht in Sicherheit zu bringen. Vorerst ohne Erfolg, da die Wirtsleute nicht einwilligten. Die sich bedroht Fühlende telefonierte der Polizei, wo man aber nicht bereit war, dieser angeblichen Bedrängnis wegen auszurücken, sondern lediglich bei den Wirtsleuten intervenierte, den Abzug über den Hinterausgang zu gewährleisten.

Einmal auf der Strasse, sah sich die Rote Zora von der Zuhälter-Gang verfolgt. Sie verbarrikadierte sich deshalb in einer Absteige in unmittelbarer Nähe, konnte hier aber von den aufgebrachten Verfolgern überwältigt werden. Mit Schlagstöcken, Stahlruten, Messern und Peitschen ist die hilflos Gefesselte in der Folge auf eine Art misshandelt worden, die selbst abgebrühte Milieufiguren erschaudern liess.

Doch nicht genug damit. Die Stenzenbande und ihre zwei Schweizer Anschafferinnen kündigten noch am gleichen Abend ein »Volkstribunal« an und brachten die »Angeklagte« in einem Lieferwagen nach Wipkingen. Hier wurde sie in der Wohnung zweier Beteiligter zwei Tage lang rund um die Uhr abwechslungsweise von zwei

Männern mit dem Messer am Hals terrorisiert, am ganzen Körper gequält und erneut auf widerlichste Art misshandelt, alles wie angekündigt unter dem Titel »Volkstribunal«. Die erschöpfte Frau hatte mit ihrem Schicksal bereits abgeschlossen, als sie durch Zufall aus der ausweglosen Situation befreit wurde.

Der Schauergeschichte liegt eine rund halbjährige, verworrene, zum Teil auch widersprüchliche Vorgeschichte zugrunde. Fest steht: Die beiden beteiligten Schweizerinnen hatten sich in der Absteige der Roten Zora eingemietet, ohne jedoch pünktlich den Zins zu bezahlen. Als sich die beiden Milieudamen Tunesiern und Marokkanern anschlossen, erregte dies im »Dorf« mancherorts Unmut, den die Rote Zora bisweilen recht unverblümt äussert und – ihrem Temperament gemäss – beim Namen nennt. So handelte sie offen die Milieu-Namen der Stenzen-Gang (Jim, Rocco, Ali etc.).

Dass dies kein Einzelfall, sondern nur der brutalste Vorfall einer nicht mehr zu übersehenden Gewalteskalation im Niederdorf ist, beweist die Tatsache, dass aus dem sonst so verschwiegenen, weil verängstigten Milieu ganz gezielt Klagen von Prostituierten und Stammgästen an die Öffentlichkeit gelangten. Sie alle beklagen sich über einen immer brutaleren Zuhälterterror, verschärft noch durch die Bestrebungen einer Stenzenbande, auch im Niederdorf Standplatzgebühren einzuführen. Es wird behauptet, dass organisierte Verbrecherbanden bis zu dreissig »neue« Frauen ins Niederdorf einschleusen wollten. Frauen, die durch die verschärften Massnahmen der Polizei gegen die Strassenprostitution in Wohnquartieren neuen Arbeitsraum suchen müssten. Über Standplatzgebühren wollten Zuhälterbanden sukzessive das »Dorf« erobern, heisst es bei einigen Alteingesessenen, die sich vehement gegen solche Massnahmen zur Wehr setzen. Zu diesen wenigen zählt auch die Rote Zora.

Dass dies nur ein Vorgeschmack zu sein braucht, hat auf brutale Art die bereits erwähnte Wortführerin der Niederdorfprostitutierten, die Rote Zora, erlebt, eine unbequeme Frau. Eine Prostituierte aber auch, die wegen ihres hohen Artikulations- und Durchsetzungsvermögens von Kolleginnen in allen Notlagen immer wieder um Hilfe angegangen wurde und nach innen und aussen – letztmals mit der Petition an den Zürcher Stadtrat – federführend auftrat. Auch Rivalinnen der Roten Zora sind deshalb der Meinung: »So etwas hat sie nicht verdient.«

ROTE ZORA IN IHRER EIGENEN FOLTERKAMMER GEMARTERT

Zürich, im April 1984 ■ Mit verstümmelten Brüsten, sieben Gesichtsknochenbrüchen und Messerstichen am ganzen Körper musste die Dirne schwer verletzt ins Spital gebracht werden.

Der Grund für die Abrechnung: Die Rote Zora hatte Differenzen mit zwei Dirnen, die in ihrer Vierzimmerwohnung im Zürcher Niederdorf Untermieterinnen waren. »Sie zahlten ihre Mieten nicht, und im weiteren passte mir die Festerei in meinen Räumen nicht«, erzählt das Opfer.

Es kam zum Streit. Die Rote Zora flüchtete durch den

Hinterausgang und schloss sich in ihrer Absteige ein. Wenig später drückten sechs Männer in Begleitung der Ex-Untermieterinnen die Tür des Sex-Etablissements ein.

»Die sechs Typen fielen über mich her und rissen mir alle Kleider vom Leib«, sagt die Dirne. Sie fesselten mich in meiner eigenen Folterkammer ans Pferd – ein Turngerät, wie es in jeder Turnhalle zu finden ist. Einer begann … Ein zweiter … Die Rote Zora wurde schliesslich bewusstlos. Sie wurde in ihren weissen Polarfuchsmantel gehüllt und in ein bereitstehendes Auto geschleppt.

Gefesselt und geknebelt musste die schwer verletzte Frau dann zwei Tage ohne Nahrung am Boden liegen.

Durch Zufall wurde das Verbrechen entdeckt.

BLUTIGE ABRECHNUNG IM ZÜRCHER MILIEU: ROTE ZORA NIEDERGESCHOSSEN

Zürich, im Oktober 1986 ■ Das Zürcher Milieu ist unerbittlich: In ihrer Absteige im Niederdorf wurde die Dirne Rote Zora mit zwei Schüssen niedergestreckt. Eine Kugel durchschlug die Hand von Zoras Beschützer, als er ihr zu Hilfe eilen wollte. Der Schütze, ein Österreicher aus der Zuhälterszene, ist flüchtig. Verhaftet wurden zwei Zürcher Dirnen. Sie sollen den Auftrag zur Beseitigung der unliebsamen Konkurrentin gegeben haben. Es ist nicht das erste Mal, dass die wegen ihrer auffallenden Haare so genannte Rote Zora im Milieu drankommt. Vor gut zwei Jahren wurde sie 36 Stunden lang gefoltert. Sie war fast ein Jahr arbeitsunfähig.

Seit die Rote Zora wieder im Niederdorf ist, brodelt es im Milieu. Zuhälter und Dirnen werden laufend bei der Polizei »verzinkt«. Böse Worte und Schlägereien sind gang und gäbe. So auch in der Nacht auf Dienstag. Vor der Wohnung beschimpfte die Rote Zora zwei Dirnen, weil sie ihr angeblich zwei Schirme geklaut hatten. Mona und Silvi wehrten sich mit Händen und Füssen. Die Rote Zora soll ein Messer gezückt und es Mona über die Stirne gezogen haben. Blutüberströmt rannte Mona weg. Im Spital liess sie sich verarzten. Dann informierten die beiden Dirnen den Österreicher. Mit einer Waffe in der Hand polterte der Rächer an Zoras Wohnungstür. Zora öffnete und wollte die Tür gleich wieder zuschlagen, als sie den Bewaffneten sah. Der stellte seinen Fuss in die Türe und schoss. Die Kugel durchschlug das Bein der Dirne und traf den hinter ihr stehenden Beschützer. Der Österreicher schoss ein zweites Mal – in Zoras Bauch. Dann flüchtete er. Bevor die Rote Zora ohnmächtig wurde, flüsterte sie noch den Vornamen des Schützen.

(Die Zitate stammen aus Zürcher Zeitungen und wurden leicht gekürzt.)

12

Ich wollte gar nicht unbedingt leben. Sie schossen auf mich. Und ich überlebte einfach.

Wegen dem Kind. Nur wegen meinem Kind wollte ich leben.

Es war in einem schlimmen Alter. In dem schwierigen Alter, das viele Kinder haben. Es geht ja vorbei.

Es geht sowieso alles vorbei.

Ich habe es vergessen. Man vergisst zum Glück. Schon vor dem Tod, nachher sowieso. Nur der liebe Gott weiss es immer, dort bleibt es und ist versorgt. Darum habe ich die Kirchen schön gemacht.

Ich weiss schon, wer es war. Ich kannte ihn nicht gut, aber ich weiss doch, wer das war, der da schoss.

Er habe anscheinend gar nicht mich gemeint, nicht mich. Sondern eine, die immer drausging. Es war ein Irrtum.

Ich erzähle dir ein bisschen, du fragst ja gar nicht richtig.

Es klingelte, und ich meinte, es sei eine Freundin, mit der ich verabredet war. In der Gegensprechanlage gab niemand Antwort. Der Päuli war auch da. Dann schellte es noch mal, und ich machte die Tür auf, weil ich doch niemanden sah.

Und schon ist dieser Schuss gekommen. Wortlos kam der Mann aus dem Lift und schoss mir in den Bauch. Und ins Bein. Und wieder in den Bauch, zweimal. Und durch Päulis Hand hindurch. Da direkt hinein.

Eine Kugel ist im Rücken stecken geblieben. Kann man nicht operieren. Der Professor sagte – Frau Hedy, die Gefahr ist zu gross, dass Sie nachher gelähmt sind. Besser leben Sie so. – Es geht, ich hatte Glück. Nichts ging ganz kaputt.

Einen solchen Bauchschuss spürt man sehr. Sicher spürt man den, was glaubst du. Zuerst ist man einfach überrumpelt. Es macht plopp – und die Kugel ist drin, dann die nächste, plupp. Schmerzen hatte ich keine. Zuerst nicht. Zuerst kommt der Schock. Der Schock ist wie eine Narkose. Der Schock kommt zum Glück immer zuerst. Und dann geht ein Teil des Schocks wieder, und es kommt der ganze Rest.

Sehr weh tut das.

Und dann die Operation, die richtige Narkose, sie mussten alles aufschneiden. Dann die Schmerzen von der Operation. Dann die Narbe. Dieses Gitter, diese dicken, langen, rabenschwarzen Fäden in meinem Fleisch, der ganze Bauch vergittert. Und alles wird so empfindlich, man bekommt eine übergrosse Empfindlichkeit auf der Haut. Nachher die breite Narbe, kein Gefühl mehr. Es gab eine Notoperation, sie mussten die Blutgefässe flicken und das Blut rauspumpen aus meinem Bauch. Die Kugel liessen sie drin. Ich spüre sie selten.

Ich hatte Glück, es wurde nichts Wichtiges getroffen. Grosses Glück. Schmerztabletten nehme ich nie, man gewöhnt sich besser an Schmerzen.

Schwieriger ist es, den Schock zu überstehen. Es braucht ein Jahr, mindestens, bis es wieder einigermassen geht.

Ich war gar nicht gemeint. Der Österreicher wollte doch

gar nicht zu mir. Der wollte einen Stock höher zu der andern. Er hatte in diesem Haus eine Freundin, und die hatte einen andern. Und er drückte im Lift auf den falschen Knopf, das kann passieren, und läutete bei mir. Und schoss mir in den Bauch. Statt der anderen. Wooll.

Ich weiss es nicht mehr.

Zum Glück konnte ich noch in meine Stube flüchten. Und geistesgegenwärtig, nicht wahr, alarmierte ich die Polizei – Ich bin die Zora. Ich bin erschossen worden. Ich habe zwei Kugeln im Bauch und eine im Bein. Und der Päuli da blutet auch. – Diesmal kamen sie aber! – Der am Telefon war sehr freundlich und rief – Frau Zora, seien Sie ganz ruhig, wir kommen sofort. Pressen Sie die Hand auf das Loch. Wir kommen sofort! – Mit diesem Beamten hatte ich noch lange Kontakt. Und dann kamen sie auch sofort, mit Sirenen, zu zehnt. Zu zehnt! Anscheinend war ich am Sterben. Der nette Polizist nahm mich auf die Arme und drückte mir mit seiner Brust meine Knie gegen das Loch im Bauch. Ich war ja gar nicht schwer. Er sagte – Du arms Vögeli. – Und trug mich so hinunter. Und der Päuli lag auch schon da auf der Bahre.

Päuli: Schutzengel.

Dann kam die Ambulanz, und der Polizist musste mich nicht selber ins Spital fahren. Und ich weiss noch, die Strasse hinauf, nicht gegen die Pestalozzibibliothek, sondern in die andere Richtung, da gab es ein paar Salons mit netten jungen Fräulein. Die waren ganz entsetzt und kamen alle gelaufen. Kamen die mich alle besuchen im Spital, das halbe Dorf, wooll. Furchtbar. Im Spital, nicht wahr, öffentliche Abteilung. Alle diese aufgetakelten Damen, auch die liebe Stelika selig, die Frau Popp, noch andere Umgebaute und die Schwulen und die alten Tessinerinnen sowieso, alle kamen. Sie hatten gar keine Blumenvasen mehr. Man war also sehr nett mit mir. Und die Jungen unterstützten mich immer.

Päuli: Man könnte es so sagen ä der, der ihr in den Bauch schoss –

Der brachte sich nachher um, in Österreich. Er musste ins Zuchthaus und wurde ausgewiesen. Und beim Prozess sagte er, er habe ja gar nicht zu mir gewollt. Er habe das alles nicht gewollt. Er schrieb mir ein Brieflein und liess mir sogar Rosen schicken ins Spital. Der Glünggi. Sonst war er ein Glünggi.

Päuli: Hehe. Und das Odettli kam auch, Madame Odette vom Gericht, immer mit riesigen ä Bouquets. Und Kirschstängeli für mich.

Eine sehr Strenge, die Frau Untersuchungsrichterin. Nachher sagten wir uns du. Ganz streng gegen das Milieu, die Frau Doktor. Jeden Nachmittag kam sie, vor dem Feierabend, damit wir ein bisschen zusammen plaudern. Ich hing ja so lange am Tropf im Kantonsspital.

Den Salon hatte ich dannzumal schon lange nicht mehr. Schon ganz lange nicht mehr.

Päuli: Ä jagg. Gottseidank.

Ich war doch nur noch normal tätig, in der Liegenschaftenverwaltung. Für einen Freund, der im Dorf und an der Langstrasse Liegenschaften besass. Für den vermietete ich Wohnungen. Das war einigermassen gut bezahlt und auch seriös. Ich brauchte doch Geld für die neuen Prozesse! Dort fing ich übrigens auch an zu rauchen, das einzige Mal in meinem Leben. Man stand doch ständig herum wie bestellt und nicht abgeholt. Wenn man jede Stunde abmacht, und dann kommen die Leute nicht, das bringt einfach alles durcheinander. Und man steht auch im Regen draussen und wartet. Sowieso das Warten, das machte mich extrem nervös.

Aber seriös alles. Seriöse Liegenschaften an einer seriösen Strasse.

Ich kannte diesen Österreicher mit der Pistole schon von der Strasse. Er wollte ja gar nicht zu mir, er wollte eine andere treffen. Ich konnte ihn natürlich genau beschreiben, ich habe die Leute gut angeschaut.

Zum Glück, die Mutter lebte in dem ganzen Durcheinander nicht mehr. Sie ist gestorben. Ich weiss es nicht mehr genau. Ich weiss einfach nicht mehr ganz genau, was wann war.

Das hätte ich sowieso nicht gewollt, dass sie das alles miterlebt. Umsgottswillen.

Es wusste niemand etwas, niemand.

Aber in der Zeitung kam ein Foto. Kein Name, aber ein Foto. Auf der Titelseite.

Päuli: Ä sie starb also da herum.

Sie starb früher. Was erzählst du da.

Päuli: Wir sagen der Presse nichts mehr. Jagg. Neigg.

Sie starb viel früher. Als sie starb, richteten wir sie schön her. Ein Seidenkostüm wollte sie. Und die Brille auf der Nase, sie fühlte sich immer ganz nackt ohne Brille. Und natürlich die Seidenstrümpfe. Und vor allem – die schönsten Schuhe. Das war ihr doch wichtig. Und das machten wir so. Nur der Hut ging nicht rein.

Kurz vorher rief ich den Hadi an, meinen Ex, die Mutter sei am Sterben. Und er kam sofort, wooll, ein guter Mann. Er kam sowieso oft zu mir und dem Kind. Wir haben es auch wieder gut miteinander. Er hatte auch mein liebes Mami so gern. Und er unterstützte mich, moralisch, meine ich. Es war üblich bei ihnen, dass man sich verabschiedete von der Schwiegermutter und ihr das letzte Geleit gibt. Sie haben Respekt vor den Altvorderen, das gefiel mir immer. Und geheiratet ist geheiratet.

Er kam und schaute sie an und sagte – Elle est belle. – Das hat mich sehr gefreut. Ich hatte sie ein wenig geschminkt, damit sie nicht so traurig tot aussieht. Und dann hielt er mir wieder Händchen. – Edy, wir könnten doch wieder etwas zusammen machen. Es wieder versuchen. –

Nicht wahr.

Da hatte ich aber schon den Mimmi. Jeeh. Meinen Mimmi. In Italien hatte er mich angefunkt. Meine letzte grosse Liebe. Im Winter in Venedig war das. Zürich gefiel ihm nie, die Berge auch nicht, er konnte nicht mal Ski fahren. Er hasste es sogar, auf dem Schnee zu laufen. Er hatte richtig Angst vor dem Schnee. Aber getanzt haben wir. Zu der Zeit rannten doch alle Romantischen Richtung Rimini und Venezia. Es gab so schöne italienische Filme.

Ich war schon um die fünfzig, da fuhr ich auch nach Venedig. Ins Kino. Vielleicht kann ich das noch ein bisschen erzählen.

Sehr eng war ich mit diesem Mann. Italiener. Fünfzehn Jahre. Er hatte ein Geheimnis, das wusste ich lange Zeit nicht. Wir sahen uns nicht so oft. Ich kann aber gut Italienisch, ich verstand ihn gut. Mi piace. La lingua italiana è molto bella. È come una canzone. È vero. È vero, è musica. Wie ein Lied. Auch in der Liebe ist diese Sprache einfach wunderbar.

Es ist komisch – Italienisch reden macht mich ein bisschen glücklich. Und traurig. Ganz Italien ist traurig und voll mit Glück, ein melancholisches Land. Es ist schön, und es zerfällt. Alles zerfällt. Das merkt man den Menschen nicht an, sie schuften, sie essen, sie schimpfen, tanzen. Und die Namen. Mimmi Malaminetti, eigentlich Mimì, von Domenico. Ich sagte lieber Mimmì. Mimmimalaminetti. Er ist tot.

Päuli: Hedylein, sollten wir nicht langsam –

Auch der erste Luzi hatte ihn so gern. Mein liebes Luzeli I mit den krummen Beinchen. Das Hundchen hiess eigentlich nicht Luzi, wir wissen eben nicht, wie er ursprünglich hiess. Wir tauften ihn Luziferli, dannzumal, als wir ihn fanden. Wegen dem roten Fell und den schiefen Beinchen und den spitzen Öhrchen, wie kleine Hörner waren die. Luziferli heisst nämlich gar nicht nur Teufel, sondern strahlender Stern. Eigentlich Venus, das steht im Brockhaus. Ich habe doch in der Bibliothek den Grossen Brockhaus! Wir hatten eben auf der Fahrt die ganze Zeit diesen Stern über der Po-Ebene gesehen, aber Venussli wäre ja ein blöder Name für einen Hund.

Im Morgengrauen waren wir losgefahren bei Venedig, auf dem Weg Richtung Zürich. Mein Kind war dabei. Und plötzlich schrie es – Stopp! Mama, anhalten! Da ist ein Hund angebunden! – Ich war natürlich schon weitergefahren, auf der Autobahn geht das ja schnell. Musste einen Moment warten, bis keiner mehr kam, dann fuhr ich schön auf dem Pannenstreifen rückwärts. Und tatsächlich fanden wir dieses liebe Hundeli an der Leine, an der Leitplanke angekettet. Völlig verdreckt und erschöpft war es. Und voller Flöhe, furchtbar.

Wir sind dann grad wieder umgekehrt und brachten das Tierchen in die Pension. Zu Freunden, in dieser Pension, wo ich immer mit dem Kind und dem Päuli Ferien machen konnte. Wunderbares Albergo am Meer, sie war ganz vernarrt in das Kind und hütete es, damit ich frei war und ein wenig baden gehen konnte. Ich hatte noch eine gute Figur. Und er kochte herrlich, in der Osteria. Tintenfisch und Muschel-Sachen, wunderbar. Gastfreundliche Menschen. Ein guter Mann, so ein fröhlicher. Er war aber auch verliebt in mich, in meine Haare. Hatte natürlich nicht Mimmis Intelligenz und Postur. Nein also. Er war doch verheiratet.

Päuli: Hm. Hmm.

Nur einmal wurde ich schwach und küsste ihn. So stürmisch und schmachtend, wie er war. Ich bin ja keine Heilige. Und ein Kuss ist kein Kuss.

Päuli: Neigg. Chriesiwasser ä Essigwasser.

Ein Kuss. Halb so wild. Und es war doch sehr familiär in der Pension. Mit dem Essigwasser badeten wir unser Luzeli. Draussen, in einem Zuber, mit lauwarmem Essigwasser. Wuschen wir ihn. Sie gaben mir eine Wanne für das Hundi, ich gehörte doch quasi zur Familie. Ich ging sowieso nur in Albergos, nicht in Hotels, mit dem Kind. Ach, wunderbar, ich war so gern am Meer.

Richtig schön war das. Wir hatten so viel Glück im Leben.

Der Päuli war auch immer dabei, wooll, er war ja schon geschieden. Und ich hatte seiner Mutter auf dem Sterbebett versprochen, immer für ihn zu sorgen. Für ihn war Italien auch herrlich, weil er doch so gern gut isst und viel.

Päuli, jetzt nimmst die Adiletten und den Luzi. Und gehst allein noch ein wenig hinaus, solange es nicht so heiss ist. Machst ein schönes Ründeli mit dem Hund.

Päuli: Jawoll. Komm Bub. Darf ich auch schnell? Ich muss an ein Örtchen.

Das sagt man bitte nicht am Tisch.

Päuli: Jagg, jawoll.

Und wäschst dir die Hände.

Er ist ein armer Tropf. Er muss zum Arzt, zum Urologen. Ein Armer ist er. Zum Glück hat er das Luzeli.

Man muss ein bisschen aufpassen auf ihn. Ich habe es gern sauber. Einmal bin ich ins Badezimmer gegangen, die Dusche lief doch wie verrückt. Aber hinter dem Vorhang sass nur der Päuli auf dem Badewannenrand. Und las Micky Maus, statt sich zu waschen, so ein Schlimmer.

Er hatte viel Pech im Leben. So viele Kinder und geschieden und wenig Geld immer. Aber für seine Kinder hatte der Päuli immer Zeit. Seine ganze Zeit schenkte er den Kindern, wooll. Sind doch alle wunderbar herausgekommen. Nie war Geld übrig, und er hätte so gern ein Auto gehabt. Als die Kinder draussen waren, sagte ich – So, Päuleli, jetzt kannst dir doch eins kaufen. – Er fuhr noch richtig gut Auto früher, sportlich, und dann hatte er leider diesen Unfall. Bekam er den Stein an den Kopf. Lumpenpack.

Es war sehr schlimm, sehr schlimm. Ein eisiger Wind, und Nacht. Fast zwei Stunden musste er auf dem eisigen Trottoir liegen. Im November im Dorf. Er war bei mir gewesen, er war doch fast immer bei mir an der Zähringerstrasse. Half mir ein bisschen, war da, schaute, kaufte für mich ein, nicht wahr. Und ich sagte zu ihm – Ich begleite dich hinunter. Ich komme heute mit und bringe dich zum Tram. – Ich weiss nicht warum, normalerweise ging er ja immer allein. Aber dieses Mal ging ich mit.

Und er lief hinter mir, es hatte viele Leute, die Mühlegasse hinunter Richtung Limmatquai, auf dem linken Trottoir vor dem Laden mit den Modelleisenbahnen. Und plötzlich kam um die Ecke die Demonstration, ein Haufen wild gewordener Menschen, hundertzweihundert Leute etwa, alle hinter Kappen und Kapuzen und Tüchern versteckt, alle schrien. Von der Urania her kamen vergitterte Polizeiautos, mit Sirenen und Wasserwerfern, darin Beamte hinter diesen Gittern an den Helmen, mit Knüppeln und Schilden, es war ein riesengrosser Tumult. Ganz furchtbar. Das war wegen der Fabrik hinter dem Bahnhof, die abgerissen werden sollte, die Wohlgroth-Fabrik. Und die Jugend protestierte gegen die Spekulanten und den Abriss überall. Von mir aus. Aber sie schlugen mir fast den Päuli tot.

Kurz vor der Tramhaltestelle waren wir, da schrie ein Polizist durchs Megafon – INDECKUNGPASSANTEN! INDECKUNGPASSANTEN! – Der stand mit dem Megafon auf dem Trottoir. Und eine Demonstrantin stand auf der Strasse und schleuderte von dort den ersten Stein. Einen Pflasterstein, ein Kilo vierhundert. Diese Bsetzisteine hatten sie am Obergericht ausgegraben und warfen sie jetzt auf die Polizei. Und der Päuli lief da mit mir hinunter Richtung Tram, und der Bereitschaftswagen kam die Mühlegasse herauf, der Polizist stieg aus und schrie ins Megafon. Er stand neben dem Päuli, und der Päuli stand neben mir. Und die Demonstrantin warf. Und der Polizist bückte sich, und der Stein traf den Päuli am Kopf. Sonst hätte es mich getroffen. Ein Kilo vierhundert. Wie ein Stock, ohne einen Laut ging der Päuleli zu Boden. Der Arme, der unschuldige Passant.

Er war auf der Stelle bewusstlos. Lag auf dem Trottoir und hatte Schaum vor dem Mund und erbrach. Und die Meute trat ja noch auf ihn drauf! Ich schrie – Passt doch auf! Weg da! Die Sanität! Ruft sofort die Sanität! – Und der Polizist sagte – Beruhigen Sie sich. Das nützt nichts mehr. Der ist schon tot. – Und ich – Nein, der ist nicht tot! Er ist bewusstlos. Madonna, helfen Sie mir, wir müssen ihn auf die Seite drehen. Und die Sanität rufen! Aber sofort! – Und der Uniformierte – Fassen Sie ihn nicht an. Der ist tot, der Mann. – Nein! Er atmet! – Ich spüre keinen Puls. – Da sagte ich – Herrgottsternen, aber ich spüre ihn. Jetzt machen Sie, was ich sage! – Und dann liess die tobende Meute die Ambulanz nicht durch. Sie warfen auch Steine auf die Sanität und hängten sich an den Wagen, diese Verrückten. Und mein Päuli lag auf dem Trottoir mit einem zweifachen Schädelbruch.

Furchtbar. Furchtbar. Ich musste alles zuschauen.

Endlich kamen sie, aber wir konnten nicht weg. Sie liessen uns nicht durch, rüttelten am Rettungswagen, wollten uns kippen. Alle von Sinnen. Und der Päuli fast tot. Der spürte doch die Erschütterungen, mit seiner Verletzung! Da stieg ich aus und schaute den Nächstbesten in die Augen. Und dann trat ich mit meinen Schuhen und mit aller Kraft in diesen verkrallten Haufen und wohin ich konnte. – Loslassenloslassen, ihr Wahnsinnigen! Da ist ein schwer Verletzter drin. Der stirbt! –

Die beiden Sanitäter hatten nur noch Angst. Ich schrie sie an – Ihr Schlappschwänze, jetzt wird gefahren! Dreinfahren, die gehen weg, wenn ihr fahrt. Jetzt fahrt doch endlich! – Nach einer Ewigkeit kamen wir ins Kantonsspital. Der Professor schimpfte – Warum kommt ihr umsgottswillen erst jetzt mit diesem halbtoten Mann? – und machte eine Notoperation.

Es wurde halt nicht mehr ganz. Nie mehr ganz gut. Die Narben am Kopf. Zuerst waren die Beine gelähmt und ein Arm ging nicht mehr. Und ein Trauma blieb lange. Auch noch die Kopfschmerzen.

Dummerweise beschloss die Ärzteschaft, ihn zur Rehabilitation nach Braunwald zu tun. Sie hörten nicht auf mich, das war doch ganz falsch. Ich sagte – Glarnerland? Ihr könnt den Päuli nicht auf einen verschneiten Berg legen. Der ist immer im Flachen, der geht nicht auf Berge. Er fährt auch nicht Ski, sondern Schlittschuh, im Dolder oben oder unten im Hallenstadion. Dieser Mann ist ZSC-Fan, kein Ski-Fan. Einer wie der Päuli erholt sich doch nicht in den Bergen. –

Von diesem Kuraufenthalt bekam er dann auch noch die Platzangst. Zu allem Überfluss. Sie hörten leider nicht auf mich, ich hatte es doch geahnt. Wir mussten nach Glarus, dann noch weiter ufe, ufe, ufe, ewig hinauf nach Braunwald. Kalt und sehr dunkel war es in diesem Bähnchen. Direkt neben der Kabine, ich sehe es noch, senkrechte schwarze Felswände. Und darauf eben diese blöden grossen Zwerge.

Der Päuli begann zu schlottern, er bekam richtige Angstzustände. Dabei waren es nur PR-Zwerge, ein Reklamegag. Eine panische Angst hatte er vor diesen aufgemalten Zwergen. Und dann mussten wir auch noch auf einen Schlitten. Die Pferde rutschten auf dem Eis, furchtbar. Der arme Päuli fing an zu schreien. Er konnte ja nicht reden, nicht wahr, lange Zeit fand er die Wörter nicht mehr. Ich hielt ihn fest und wickelte ihn in die Militärdecke. Aber er wollte sich nicht beruhigen.

Die Wörter kamen dann zum Glück zurück, heute sind es ja fast immer die richtigen. Aber seit dieser Bergfahrt kann man einfach nicht mehr ins Tram mit dem Päuli. In die Berge sowieso nicht. Wir gehen lieber ans Meer.

Päuli, hast die Hände gewaschen? Komm, sitz jetzt zu uns, wir gehen nachher alle zusammen.

Päuli: Dann nehme ich noch ein Käfeli.

Willst Zucker?

Päuli: Nein, ich bin sauer genug.

Pass auf, jetzt hast dich schmutzig gemacht. Macht nichts, macht nichts. Das Häkel-Deckeli ist von der Grossmutter aus dem Appenzell. Unzerstörbar, ich habe es sicher schon hundert Mal gewaschen.

Päuli: Also, ich möchte sagen ä früher hatten wir dieses Genie-Mittel. Das gibt es leider nicht mehr, Genie. Hat alles weggemacht, hast alles rausgebracht. Weinflecken, Kaffeeflecken, Saucenflecken, Schokoladeflecken, Spaghettiflecken. Auch Tinte. Ich säule eben viel.

Er kann doch gar nicht waschen. Er kann doch nichts im Haushalt, furchtbar. Aber eine Sauerei veranstalten kann er.

Päuli, würdest du dich bitte endlich hinsetzen. Bitteschön.

Päuli: Hier! Komme!

Und nimm deine Pillen. Ich nehme ja keine mehr. Der Doktor Blume verschrieb mir ganze Harasse voll Tabletten. Nehme ich alles nicht mehr. Und ins Spital gehe ich auch nicht mehr. Fertig. Ich sagte zum Dr. Blume – Dieses Haus ist ja ein Ameisenhaufen. Wie soll man da gesund werden? – Auch wegen der Schilddrüse nehme ich nichts mehr. Schluss. Ich habe den Krebs besiegt.

Päuli: Ja ä aber Hedeli, die da –

Die sind, damit ich nicht wieder den Schlag bekomme. Blutverdünner, die muss ich nehmen. Sonst geht es mir gut, wooll, sehr gut geht es mir. Besser als im Spital. Ich hatte Glück. Nur mit ihm hat man immer so viel zu tun.

Man sieht es leider, musst entschuldigen. Ich habe mich also auf deinen Besuch gefreut. Sehe leider nicht danach aus, schlimm, furchtbar. Man muss sich mit dem Alter abfinden. Nicht dran denken, weiterleben, weiterstreben.

Und sonst nehme ich einzwei Dafalgan. Wenn es mir nicht gut geht, nehme ich einfach ein rezeptfreies Schmerzmittel. Der Doktor Blume verschrieb mir doch gegen alles und jedes Antibiotika. Dabei brauche ich nur ab und zu etwas gegen die traurige Laune und die Schmerzen. Jetzt gibt er die Praxis auf. Wer macht ihm dann die Kränze an Weihnachten, möchte ich wissen. Wenn ich sie ihm nicht mehr bringe?

Päuli: Der verschrieb solche Keulen.

Nicht immer dreinschwatzen.

Päuli: Halt ich halt das Maul. Stopp. Hehe.

Das ist seine Spezialität. Wenn ich mich mit jemandem unterhalte, dann redet er immer drein. Das macht mich manchmal teufelswütig. Er ist ein Vorlauter. Aber ein Guter, nicht wahr, Päuleli.

Päuli: Ä doch, moll, ich höre gut.

Nein, er hört eben gar nicht gut. Und redet so laut. Oder gar nicht. Und hört mir nie zu.

Musst entschuldigen, der Kaffee ist ja nicht wie in Italien. Aber lieber Goldpulver als eine bleiche Brühe. Kennst ihn ja bei uns auf dem Land. In Italien trinke ich ihn ganz schwarz. Am liebsten mit Schuss, Caffè corretto.

13

Schau, ich habe einen Bären für dich. Er hat noch fast alle Haare, ich schenk ihn dir.

Setz dich hier zu mir auf die Café-Terrasse, die letzten Blümchen kommen so schön. Und die Herbstsonne tut gut. Von hier aus können wir wunderbar auf das Land und alles hinunterschauen. Und, wenn du willst, auch noch ein wenig auf mein Leben. Von mir aus.

Es freut mich also, dass du kommst, wooll. Obwohl wir dir so oft absagen mussten. Es war so viel in letzter Zeit. Kannst mich ja im November wieder besuchen, wie das erste Mal. Meldst dich einfach.

Nachher, nach dem feinen Kaffee hier im Siesta, spazieren wir noch ein wenig in die Felder hinaus. Wenn du magst. Ich möchte dir meinen Lieblingsweg zeigen. Musst mir halt deinen Arm leihen. Allein mit dem Päuli und dem Luzi geht das für mich nicht mehr so gut. Ich habe jetzt ganz flache Schuhe, fast wie die Kneipper. Ein Stock kommt aber nicht infrage!

Ich gehe gern an die Luft. Habe nicht mehr so viel Schnauf.

Jeeh, was denkst du, die Liebe kam doch noch einmal!

Nach langer Zeit kam sie einfach. Jahre hat es gedauert, bis ich sie wieder fand. Oder bis sie mich fand. Oder bis wir uns fanden und sie mich noch einmal überzeugen konnte.

Ich habe die verschiedenen Sachen immer gut getrennt in meinem Leben. Dann ging das. Mein Leben war – kompliziert, aber es ging immer irgendwie weiter. Wenn niemand fragt, muss man nicht lügen. Es fragte niemand, und ich habe nicht gelogen. Ich habe gelebt.

Diese Art zu leben war nicht unbedingt freiwillig, das nicht. Es ergab sich so. Vielleicht war ich zu wenig mutig, das überlege ich jetzt. Man muss die Geheimnisse wahren. Aus Rücksicht, und weil man niemandem wehtun will. Anstrengend. Auch gefährlich, nicht wahr.

Nicht wegen Mimmi musste ich alles verheimlichen, auch nicht wegen seiner Frau. Er war ja verheiratet, aber seine Frau wusste es. Das ist entscheidend, Geheimnis, aber keine Lüge.

Ich hatte Glück, sie war eine sehr Nette. Eine ganz Nette, ich hatte immer einen guten Kontakt mit ihr. Sie sagte zu mir – Du bist für mich keine Konkurrenz, Edy. Ich bin froh, dass du da bist. Du bist eine Liebe. – Er musste doch jemanden haben. Zum Lieben. Ich meine, mit allem.

Nicht viel Zeit hatten wir zusammen. Aber eine Zeit hatten wir. Jeeh.

Diesen Mann hätte ich gewollt. Für den ganzen Rest meines Lebens. Für die Zeit, die mir noch blieb.

Manchmal bekommt man ein zweites Mal. Eine grosse Liebe war das, nach der ersten kam noch eine. Es war die letzte. Man weiss das.

Wenn die Situation so ist, muss man sich einstellen.

Seine Frau war gelähmt. Reden konnte sie zum Glück. – Ich bin so froh, Edy, dass er dich getroffen hat und du zu ihm kommst. Du tust ihm gut. – Sie war gelähmt und verkrümmt von einer Krankheit. Aber sie hatte ein sehr schönes italienisches Gesicht, wie ein Gemälde. Und ein gutes Herz. Sie schliefen nicht mehr miteinander, ich meine, sie hatten keinen Sex. Schon lange nicht mehr. Er hatte keine Lust, das muss man auch begreifen. Er wollte sich scheiden lassen und wollte es nicht. Ich konnte das auch nicht wollen. – Du kannst doch diese Frau nicht verlassen. Einen kranken Menschen. Sie braucht dich. – Und Scheiden im katholischen Italien ging sowieso nicht. Kannst eine Geliebte haben, aber nicht scheiden.

Offiziell durfte es niemand wissen. Zu der Zeit wäre ich als Ehebrecherin verurteilt worden. Und die Frau als Kupplerin. Von der Gesellschaft verurteilt und gerichtlich sowieso. Auch er wäre drangekommen, nicht gut fürs Geschäft. Offener Ehebruch war ein Verbrechen.

Ach, es ist eine traurige Geschichte. Ich habe sie versorgt. Ich denke sehr gern an diesen Mann. Nicht oft, manchmal. In letzter Zeit wieder häufiger. Ein guter Mann. Ein bisschen verrückt wie alle Italienischen. Mimmimalaminetti. Das tönt doch fast wie ein Lied von Celentano, kennst du den? Der läuft hier ständig im Siesta. Die alten Platten, ich hatte die alle früher. »Il ragazzo della via Gluck«. Oder »Susanna«. Oder das berühmteste – Azzurro, il pomeriggio è troppo azzurro e lungo per me. Mi accorgo di non avere più risorse, senza di te, e allora io quasi quasi prendo il treno e vengo, vengo da te, ma il treno dei desideri nei miei pensieri all'incontrario va, la la. – Ich habe nie genau verstanden, was der da singt. Vom Zug der Wünsche in seinen Gedanken, der in die verkehrte Richtung zieht. Vielleicht meint er mit *treno* ja einen Sog. Poetisch ist das. Lustig, dass ich es noch kann.

Päuli: Hehe. Superstar.

Ich fühlte mich früher italienisch. Oder vielleicht mittelmeerisch. Jetzt nicht mehr, jetzt fühle ich mich weder da noch dort. Es ist anders dort, man leidet anders. Man lebt anders, man freut sich mehr, weint auch mehr. Alles ist stärker. Man träumt anders, nicht wahr. Man stirbt sogar anders. Keine gemässigten Breiten. Und es geht nicht nur um Hab und Gut. So war es. So war mein Leben.

Mein Mann und Mimmi, das waren die grossen Lieben meines Lebens. Nur diese zwei. Schön war das, ich habe sie getroffen und sie geliebt. Wooll. Nicht alle treffen die richtigen. Ich hatte Glück. Ich kannte natürlich noch mehr Männer, die meisten anderen waren nett. Aber nicht dasselbe.

Ich erinnere mich genau an den Moment.

Zweimal konnte ich. Beim zweiten Mal war ich zu spät. Nachher konnte ich nicht mehr.

Zu Mimmi wäre ich gegangen. Jeeh. Wooll. Ich lag so gern auf seinem Bauch. Geborgen, nicht wahr. Aber ich konnte doch nicht alles stehen lassen, und so weit weg. Ich hatte das Kind. Und ich hatte noch die Mutter. Sie ist dann gestorben.

Ich kam zu spät. Ich konnte einfach nicht so schnell.

Mit einer Freundin war ich in Venedig. Zuerst fuhren wir nach Rimini, dann nach Venezia. Wir gingen ins Kino, so schöne Filme gab es dannzumal, und Kino in Italien ist lustig. Da sass eine Gestalt vor mir, ein Riese. Ich sah fast nicht über ihn drüber. Also stüpfte ich ihn, ob er sich ein wenig kleiner machen könnte per piacere, damit ich den Film auch sehe. Er drehte sich um, und war so charmant und höflich. Gewinnend. Er gefiel mir nicht mal unbedingt, ich sah ihn ja gar nicht im Dunkeln. Aber seine Stimme. Ich sah auch noch schön aus. Und natürlich viel jünger und im Licht eines

Fellini-Films. Wir hörten einander eigentlich nur und sahen unsere Schatten.

In der Pause sagte er – Piacere, Domenico Malaminetti. – Stellte sich vor, so schön formvollendet, nicht wahr, und ob ich in Italien lebe. Ob er mich anrufen dürfe. Ich hätte mich ja nicht getraut, aber er getraute sich. Und so kamen wir zusammen, ich gab ihm meine Nummer, und er getraute sich. Ganz einfach.

Fast ohne zu reden ging das meistens bei uns. Wir mussten nicht viel sagen. Er las es von mir ab, das Gute und das Schlimme. Er konnte das. Und ich verstand ihn. Vielleicht täusche ich mich ja. Mit der Zeit konnte ich aber seine Sprache fliessend.

Immer im Winter waren wir zusammen, immer den ganzen Winter hindurch. Ich war seine Winterfrau, ab November war sein Betrieb zu. Er war Hotelier, auch wieder ein Hotelier, das ist seltsam. Eines seiner Hotels hiess Colombina, das Schönste, das ist eine Figur aus dem Karneval. Die gefällt mir. Er wollte mich sogar heiraten. Das mit uns war ein Zufall. Und so ein Glück.

Ein bisschen schüchtern war er, auch ein bisschen allein. Und so wunderbar weltgewandt, eine wichtige Persönlichkeit, umworbener Mann in den Lagunen. Sein Tod kam in allen Zeitungen.

Piccininamia. So nannte er mich immer, Piccininamia, so gurrte mein Mimmi immer. Das heisst nicht Taube. Ich meinte zuerst, es heisst Täubchen. Ich mag die schönen Tauben, aber nicht in den Städten. Es heisst auch nicht Taube, es heisst Kleine, meine Kleine. Sehr zärtlich.

Päuli: Jööhoo. Jähjah.

Piccinina. Wo habe ich das Foto vom Mimmi, Päuli?

Päuli: Ä muss ich überlegen. Das musst im Schlafzimmer haben. Das war ein ganz toller Italiener. Ich möchte sagen, es wäre alles ganz anders gekommen.

Er war von einer – Gütigkeit. Stürmisch. Pathetisch. Und lustig, einfach wunderbar war er. Und er konnte so viel. Ich wollte mit ihm in Italien leben. Das hätte ich so gewollt. Ach, der Mimmi, schöner Mann. Wir sangen zusammen Celentano. Jeeh. Furchtbar. Wenn wir zusammen waren, war das Leben positiv. Jeder allein war nicht positiv. Aber beide zusammen – und alles war gut.

Von meinem anderen Leben wusste er nichts. Umsgottswillen, das wusste er nicht. Er wusste es nicht und musste es auch nicht wissen.

Es hätte ihn nicht gestört. Vielleicht wusste er es sogar, sah es. Ich hatte ja längst aufgehört. Und hätte es ihm irgendwann erzählt.

Päuli: Kannst denken.

Er sagte – Komm. Komm zu mir. Leb mit mir. Lass dir Zeit. Aber komm. –

Ich konnte nicht weg. Er konnte nicht weg. So war das.

Ich hätte es gemacht, später. Aber ich konnte doch nicht so schnell. Das Kind und die alte Mutter waren noch da. Nicht schnell genug konnte ich. Und all die Prozesse. Ich hätte mir sowieso noch eine kleine Wohnung in der Schweiz behalten, einen eigenen Wohnsitz. Wollte doch nie von jemandem abhängig sein. Und Italien – ist ein wenig unberechenbar. Aber der Mimmi nicht. Das Leben schon.

Er sagte – Leb mit mir. Du kannst in allen meinen Hotels den Change übernehmen, den Wechsel. Du kannst in meinen Betrieben dein eigenes Geld verdienen. Das war so abgemacht. Dann hätte ich genug verdient für meinen eigenen Unterhalt. Und wir hätten in der Nähe sein können. Der Päuli hätte mitkommen können. Er hätte in einem Albergo den Strand machen können. Das Luzeli hätte fast frei sein können.

Päuli, wo habe ich den Mimmi hingetan?

Päuli: Hedeli, ich finde es jetzt hier im Café Siesta sicher nicht heraus. Herrgottnochmal, wo haben wir den? Heilandsacknochmal!

Sei nicht so laut. Und reg dich nicht auf. Ich habe ihn sicher in Zürich.

Päuli: Wir haben ihn in Zürich. Das war der Beste.

Das Medaillon hier ist von ihm, das Amulett. Echtes Gold, eine Medaille. Die bekam er vom Papst, weil er im Militärdienst einem Kameraden das Leben rettete. Plötzlich schenkte er sie mir. Kam er damit und sagte – Ich vermache dir das, Piccinina. –

Ich hätte alles von ihm haben können, wooll, aber das wollte ich gar nicht. Nur noch ein paar Jährchen mit ihm sein wollte ich. Leben. Ich hätte ihn doch auf Händen getragen, meinen traurigen Mimmi.

Er hatte so extreme Schmerzen. Hier in der Mitte. Ich wusste das lange überhaupt nicht, ich wusste es doch nicht. Jeden Morgen um viertelundacht rief er mich im Büro an und machte Spässe und turtelte mit mir. Ich wusste doch nicht, dass er solche Qualen leidet! Er verheimlichte es, er rief mich doch immer an. Und sagte es nicht.

Irgendwann brach es hervor – Edy, ich halte es nicht mehr aus. Questo dolore, non c'è lo faccio più. Solche Schmerzen im Bauch. Mi sparo. Scusa, tesoro mio. Ich erschiesse mich. – Ich verstand nicht, was es hiess, dannzumal. Aber ich schaute im Wörterbuch nach. Und sagte ihm – Das kannst du nicht machen! Dio mio, das machst du doch nicht! Schwöre es mir. – Ma no, neinnein. Lo dico solo per i dolori. Diese Schmerzen machen mich kaputt.

Päuli: Leber. Und Niere. Leber und Niere nämlich.

Sie wussten nie genau, was es war. Es machte ihn verrückt. Wenn ich bei ihm gewesen wäre. Wenn ich es gewusst hätte. Dann wäre ich doch zu ihm gegangen. Man kann sich solche Schmerzen nicht vorstellen.

Er hatte auch eine unheilbare Krankheit. Aufgelesen, im Militär, zusammen mit neunzehn anderen Soldaten. So jung. Die hatten doch keinen Sex miteinander, die gingen nur auf die Toilette. Alle starben, einer nach dem andern, Mimmi war der Zweitletzte. Die meisten machten Selbstmord. Die Krankheit macht Schmerzen, und die Schmerzen machen Depressionen. Warum es so wehtut, weiss niemand.

Aber vorbei. Vorbei und vergessen.

Seine Frau rief mich an, und ich fragte – Ist der Mimmi nicht daheim? Warum rufst du an? – Edy, ich muss dir etwas mitteilen. Nicht erschrecken. Komm sofort. – Um Gottes willen, hatte er einen Unfall?! – Er raste doch jeden Morgen vom Dorf hinunter in die Stadt. – Nein. Verzeih mir die schlechte Nachricht. Domenico hat sich erschossen. –

Da fuhr ich endlich zu ihm. Mit dem Taxi. Viel zu spät.

Im Gang draussen war es, im Bedienstetenkorridor, im Morgengrauen. Er wollte doch nicht daheim und nicht in einem Zimmer. Kannst ja das Hotelzimmer nicht mehr vermieten. Und er wollte nicht, dass seine Frau ihn findet. Im Pyjama. Die goldene Uhr, die ich ihm schenkte, lag auf dem Nachttisch daheim. Und ein Abschiedsbrief, nicht wahr. Ich konnte ihn nicht lesen.

Einer hat ihn stöhnen gehört, ein Strandmeister, er war in der Früh heraufgekommen. Jeeh. Furchtbar. Furchtbar. Er hatte schlecht getroffen und sich ins Koma geschossen. Erst nach drei Tagen starb er. Zum guten Glück. Seine Frau rief mich an, als er tot war. – Edy, komm. Aber musst dich nicht beeilen, mein Mann ist schon begraben. – Sie sei so unter Schock gestanden, sie habe nichts mehr tun können. Die Familie habe alles erledigt. Sie habe mich gar nicht mehr anrufen können. Man habe ihn sofort beerdigt.

Ich sah nur noch sein Grab. Leben sah ich ihn nie mehr.

Ein Kind wollte er noch, er wollte doch noch ein Kind von mir. Aber ich war ja schon alt, ich war älter als er.

Nachher ging ich viel, ständig eigentlich. War ich immer bei ihm auf dem Friedhof. Das bringt mich zum Weinen, musst nicht schauen.

Er ist edel bestattet. Wooll. In einem Familiengrab ist er, zuunterst, mit all der muffigen Goldverzierung rundherum, aber keine richtigen Blumen. Ganz zuunterst in dieser engen Gruft liegt er. Damit seine Frau ihm näher ist, sie ist ja im Rollstuhl. Sie hat ihn überlebt.

Und dann war sein Grab auch noch falsch angeschrieben! Das Geburtsdatum stimmte nicht. Stell dir das vor. Da reklamierte ich aber – Das wird korrigiert! Aber subito! Wenigstens das wird richtig gemacht. –

Päuli: Herrgottsternen. Hou.

Wir wollten doch noch eine Weile zusammen sein. Dann ging ich nur noch auf den Friedhof. Setzte mich mit den Eidechsen zu ihm auf die Erde und fragte jedes Mal – Mimmimein. Warum hast du so lange nichts gesagt? Warum hast du nicht auf mich gewartet und endlich mit mir geredet? –

So schlimm wie für ihn war es nie in meinem Leben. Ich hatte Glück.

Aber furchtbar, auf diesen italienischen Friedhöfen ist es

ganz furchtbar. Punkt zwei Minuten vor zwölf kommt eine schrille Sirene. Musch useseckle, sonst kannst nicht mehr raus, musst rennen. Dann wird alles verriegelt, Siesta.

Päuli: Hou. Zum guten Glück waren wir da pffff einfach gekleidet.

Nur einmal waren wir zu spät, wir kamen nicht mehr rechtzeitig bis zum Ausgang. Das Tor war zu. Da sagte ich – Macht nichts, Päuli, keine Angst. Wir klettern einfach darüber. –

Päuli: Jagg. Ä wir klettern immer darüber.

Mimmimalaminetti.

Einmal, im November, nahm er mich mit hinunter nach Venedig. Im Winter war dort alles zu, ausgestorben, dannzumal. Der Platz, der grosse, die Piazza, alles leer und still. Es fiel sogar Schnee. – Meine Schneekönigin – flüsterte er in mein Ohr, wir tanzten. Ganz allein auf dem grossen Platz, im Dunklen, im blauen Schnee tanzten wir, einen sehr geschlossenen, einen langsamen Walzer. Lange tanzten wir so, wunderbar. Kitschig war das, aber ich war selig. Jeeh. Mimmimalaminetti. Er machte mein Leben besser. Sehr, sehr schön war das. – Piccininamia. Sei glücklich. Vergiss mich nie, il treno dei desideri nei miei pensieri all'incontrario va, la lala –

Zum Lachen und zum Weinen, nicht wahr. Musst nicht schauen. Dann kamen andere Paare und fingen auch an zu drehen, in diesem Matsch.

Päuli: Schön. Hhhhh.

Es hat nicht sollen sein.

Die einen kommen, die anderen gehen. Und dazwischen sind wir ein bisschen da.

Päuli: Ä dazwischen sind wir aber.

Lucy, zahlen bitte. Wir gehen.

Komm, Liebe.

Päuli:

Langelange nichts gehört, jagg, voneinander.

Nein, das Hedylein ist nicht daheim. Sie ist nicht mehr daheim.

Ich musste sie wegbringen. Es ging ihr so schlecht.

Sie redete so fffft dass ich sie nicht mehr verstanden habe.

Zwei Wochen lang habe ich Tag und Nacht zu ihr geschaut. Ich möchte sagen, jede Nacht nur zwei Stunden geschlafen. Dann ging es nicht mehr. Sie konnte nicht mehr gut atmen. Und das Herzweh.

Ich fuhr sie im Taxi nach Zürich, Doktor Blume. Der sagte – Hedeli, Kantonsspital einfach. –

Jetzt habe ich den Luzi in der Küche eingesperrt. Und für sie ein paar Sachen geholt.

Ich glaube, das wird nicht mehr ä nicht mehr gut. Das wird nicht mehr.

Sie hat ja keine Angst. Aber es ist nicht vorbei.

Und heute hat sie doch Geburtstag. Ich habe sie gefragt, was sie sich wünscht. – Einen lieben, schönen Härdöpfelsalat. – Hat sie gesagt.

Habe ich das im Café Frauentraum erzählt, und dass ich in der Migros um die Ecke noch einen Kartoffelsalat holen müsse. – Den musst nicht kaufen, Päuli. Wart. –

Und dann haben sie schnell von Hand speziell einen schönen Härdöpfelsalat gemacht. Für sie.

Den bringe ich jetzt dem lieben Hedeli.

Im Februar 2014 ist Hedy, die Rote Zora, gestorben.

Anhang

Dank

Hedy und Päuli, die Ihr nicht Hedy und Päuli seid: mein Dank an Euch soll jedes Wort in diesem Büchlein sein.

Ich danke »Werni Freudiger«, den ich seit Kindsbeinen kenne und der mir von Hedy erzählte. Seine Ernsthaftigkeit, sein Humor und sein Vertrauen in die ureigene »höchste Instanz« haben mir gezeigt, dass Polizisten auch Freunde sein können.

In freundschaftlicher Verbundenheit danke ich der Verlegerin Gabriella Baumann-von Arx. Sie schenkt mir Anregung, Zeit und Raum und schaut, dass ich auf dem Boden bleibe. Ihr gutes Auge und ihre Geduld sind von Buch zu Buch wertvoller.

(Hedy und Päulis Worten waren ursprünglich in einem Anhang Abschweifungen beigegeben, die in den langen Phasen des Wartens auf Hedy entstanden. Auf Umwegen führten sie mich zu Hedys Geschichte. Sie erzählten von Hetären, Flötenmädchen und Schlangenbeschwörerinnen alter Zeiten; von Bären, Leucht-Hirschen und den Nachtschatten der Wasserstadt St. Gallen; von den Urbewohnern der Berge und Täler und ihren sinnlichen Bräuchen; von kolonisierenden Mönchen, die die Schrift und damit das Gedächtnis beherrschten; von Gallus, der sich selbst flagellierte und eine alte Bärin verjagte; von Wyborada, der Wissenden, Ermordeten und Vergessenen; von fluchenden Psalmen in der Bibel; von Neptun, dem Wasserwesen und Wettermacher, von seinem Zorn; von der Schlange in Delphi, ihren Räuschen und Orakeln; von den Schwestern Artemis und Diana, die nur unerkannt badeten; von Apollo, dem Sonnenlichtkrieger, der Flöten hasste und eine harte Saite für Spiel und Fernziele aufzog; von Männern und Frauen, die sich seit Adam und Eva verlieren und suchen; von seltsamen Zeichen an Meerufern; von Pilzen und ihren Myzelen; ja, Albert Einstein kam vor und seine Theorie der spukhaften Verschränkung, die die Wissenschaft weiter und weiter verblüfft. Uff: Ich danke Verlegerin und Lektorin, dass sie mich davor bewahrten, Hedys Schiffchen an diesem weit schweifenden Urgrund kentern zu lassen.)

Ich danke der Goethe-Stiftung für Kunst und Wissenschaft und der Göhner Stiftung für die handfeste Unterstützung meines leider wenig zeitorientierten Schaffens.

Ich danke Adi Theimer für das Lüpfen auf obige Schätze und für die Freuden an ihrer Tafel.

Ich danke Lina Gafner, dass sie mir den Satz des grossen William Faulkner wiederbrachte.

Und ich danke von Herzen Italien, seiner Schönheit, seiner Wärme, seiner Menschlichkeit, seinem Erfindungsgeist und seiner Widerstandskraft:

Sonnja und Konipaul, dass sie mich lenkten an den besten Ort zwischen Himmel, Erde und Meer;

Renato, dem Philologen und Nachfahren der Partisanen und Kapitäne, der mich durch alle Stürme zu einer Klause führte;

Meister Mec, dem Poeten der Gemäuer und unermüdlichen Perfektionisten, der mir den Satz vorsprach – Non preoccuparti –, so dass ich ihn nun beinahe kann;

den Handwerkskünstlern Yuriy und Misha, die von ihrer

einstürzenden Heimat Ukraine erzählten, während sie der Verschonten das Dach über dem Kopf stützten.

Ich danke – in trauriger Verbundenheit – Urs Widmer, dem Mentor und Freund, der im April 2014 starb.

Und ich danke meinem Mann. Für Unendliches. Und weil er mich gehen lässt, damit ich von Zeit zu Zeit ankommen kann.

S. Sch. im April 2014

Unvollständiges Glossar

abklöpfen	hauen
abzügeln	mitnehmen
Adiletten	Adidas-Badelatschen
eins blasen gehen	wie *eins ziehen*: etwas trinken gehen
blondrötschig	rotblond
Bsetzistein	Pflasterstein
Bünzli	übertrieben gesellschaftkonformer Mensch, Spiesser
che, chehe	tief in der Kehle sitzendes, etwas heiseres Lachen
Cheib	übler Kerl, urspr. Seuchenkadaver
cheibe Stümpli	elende kleine Zigarren, kann auch positive Konnotation haben
Chriesiwasser	Kirschbranntwein
chumm, Chopf abe	komm, mach schon, Kopf runter
Coupe	grosses Eis mit allerlei Drum und Dran
Dorf	Altstadt am rechten Limmatufer
Fadenzeine	Nähkorb
förchig	unheimlich
Füdibaggen	Pobacken, auch *Füdlibaggen*
füdliblutt	splitternackt
gefehlter Cheib	übler Kerl
geigen/giigen	glücken, gelingen
Gläuf	viel Betrieb

gleitig	unverzüglich
Glünggi	Halunke, Trottel
Gof	Kind, kleiner Bengel
grochsen	schnarchen, kehlige Laute machen
Gwaggli	liebevoll für Tollpatsch
Habasch	dummer Kerl
heuschen	einfordern
Huerekaff	verschlafener Ort
Hütte	kann grosses, auch teures Haus bedeuten
ineschlüfe	anziehen
jagg	ein kurzes, tiefkehliges, betontes Ja
jehnu	verbalisiertes Schulterzucken
lätz sein	schlecht sein, verkehrt sein
Mammititti	mutterfixiertes Kind
neigg	betontes Nein mit tiefkehligem Abgang
ölen	viel trinken
öppe; nicht öppe	ungefähr; nicht dass du denkst
Ploderi	Plaudertasche
Pöntsch	vom englischen *punch*, Schlagkraft
Ressort	Dienstbereich
rötsch	rötlich
säulen	kleckern
Schroter	Polizist
Siech	übler Kerl, kann auch Suff heissen; kommt von *siech*: krank, hinfällig
soola	auch *sodeli*; wahrscheinlich eine Mischung aus *so* und *voilà*: das hätten wir, jetzt ist gut
Spunten	Wirtschaft

stüpfen	antippen
Stutz	Geld, Franken
toupieren	auf eine bestimmte Weise hochkämmen
umsverrode	auf keinen Fall; abgeschwächte Form von *ums Verrecken*
Unterschläuche	lange Unterhose
wüst kommen	schimpfen, schelten
Zitigli	Zeitung, Verkleinerungsform, sie wird auch verwendet bei guter Laune

Die eine Hälfte

Susanna Schwager
Das volle Leben
Frauen über achtzig erzählen

262 Seiten, gebunden
mit Schutzumschlag
Mit Fotos von Marcel Studer

13,5 × 21,2 cm
ISBN 978-3-9523213-4-8
www.woerterseh.ch

In diesem Buch lassen zwölf Frauen ein schwieriges und verrücktes Jahrhundert Revue passieren. Es erzählen die Sängerin **Lys Assia**, die Schauspielerinnen **Anne-Marie Blanc** und **Stephanie Glaser**, die Künstlerin **Hanny Fries**, die Zigeunerin **Urselina Gemperle**, die Volksmusikerin **Trudi Kilian**, die Politikerin **Emilie Lieberherr**, die Bergbäuerin **Maria Loretz**, die Kindererzieherin **Monica Suter**, die Kleinunternehmerin **Fränzi Utinger**, die Entwicklungshelferin **Lilly Vogel** und die Hebamme **Marie Zürcher**.

»Susanna Schwager ist eine exzellente und musikalische Zuhörerin. Man liest sich atemlos durch schwere, heitere, tragische, dramatische, abenteuerliche Geschichten und lässt sich anstecken von kämpferischem Geist, Träumen, Lebenskünsten.«

Franziska Schläpfer, »Buchjournal«

Die andere Hälfte

Susanna Schwager
Das volle Leben
Männer über achtzig erzählen

320 Seiten, gebunden
mit Schutzumschlag
Mit Fotos von Marcel Studer

13,5 × 21,2 cm
ISBN 978-3-03763-001-3
www.woerterseh.ch

Nach dem Bestseller »Das volle Leben – Frauen über achtzig erzählen« lässt Susanna Schwager elf Männer ein schwieriges und verrücktes Jahrhundert Revue passieren. Es erzählen der Trapezkünstler **Eugen Bauer**, der Schmied **Hans Beck**, der Bergbauer **Willy Fässler**, der Hotelier **Walther A. Hegglin**, der Auslandberichterstatter **Arnold Hottinger**, der Bankkassier **Hans Horn**, der Tour-de-France-Sieger **Ferdy Kübler**, der Dampfkochtopferfinder **Jacques Kuhn**, der Architekt **Eduard Neuenschwander**, der Musiker **Hazy Osterwald** und der Uhrmacher **Arnold Zwahlen**.

»›Das volle Leben‹ ist ein Geschichtenbuch – aber nicht nur das: Es ist Geschichtslektion, Lebensberatung und Soap in einem.«

Katrin Hafner, »Tages-Anzeiger«

In Vorbereitung:

Das halbe Leben – Junge Frauen erzählen

Die Fortsetzung

Susanna Schwager
Das halbe Leben
Junge Männer erzählen

384 Seiten, gebunden
mit Schutzumschlag
Zeichnungen von Raoul Ris

13,5 × 21,2 cm
ISBN 978-3-03763-024-2
www.woerterseh.ch

Nach den beiden Bestsellern »Das volle Leben – Frauen, bzw. Männer, über achtzig erzählen« begegnet Susanna Schwager in ihrem neuen Buch »Das halbe Leben – Junge Männer erzählen« prominenten und unbekannten Männern, diesmal alle unter vierzig. In überraschender Offenheit und der ihnen eigenen Sprache erzählen sie von Freuden und Nöten, von Gewiss- und Unsicherheiten, von ihren Gedanken, Taten und Träumen. Sie beschreiben uns ein weiteres Wegstück des Lebens – und etwas vom Rätsel, das die Welt im Innersten zusammenhält.

»Susanna Schwager hat mit ihren Porträts, die authentisches Sprechen mit einer klaren Form verbinden, so etwas wie eine eigene Literaturgattung erschaffen.«

Urs Widmer

Das Geschenk

Susanna Schwager
Ida
Eine Liebesgeschichte

216 Seiten, gebunden
mit Schutzumschlag

13,5 × 21,2 cm
ISBN 978-3-03763-017-4
www.woerterseh.ch

Susanna Schwager erzählt in diesem Buch von der Liebe, die nicht dort ist, wo sie sein soll, sondern dort, wo sie sein will. In ihrer wunderbaren Sprache spannt sie einmal mehr den Bogen über ein ganzes Jahrhundert, anschaulich und sinnlich. Und mit grosser Sprachkraft. »Ida« ist ein ebenso verstörendes wie betörendes Buch über das Leben und die Liebe in Zeiten abgrundtiefen Glaubens. Man kann »Ida«, wenn man zu lesen begonnen hat, nicht mehr aus der Hand legen.

»Susanna Schwager schreibt äusserst raffiniert und hat eine hohe schriftstellerische Begabung.«

Peter von Matt